# いつまで記せるか

小林 佐知子
KOBAYASHI Sachiko

文芸社

目次

# 序章

最悪入院をすると言われ、毎日泣いていた
いよいよ　入院
結果、治療不能とのこと　ショック
これから先　どう生きていったらよいか
考える　生きられるだけ
残された人生を主人と楽しく過ごすこと

毎日毎日　不安な日々
涙の出ない日はない
悲しい　くやしい　さみしい
こんな人生　一人泣いている

このノートも一年間つけられるか？
不安　さみしい　悲しい日々
身は細り　話はできず
食事もままならず　人生

# 想い　二〇〇四年～二〇〇六年

## ――二〇〇四年――

🌱四月十一日
千歳にノートを買って来てもらい　初めて使う
一年間無事記入することができるか　不安
病院での記帳となる

🌱四月十二日
初夏　外は暑いだろう
お父さんは一人で朝食をとっているだろうか
午後来る　マサエさんと二人で色々持って来てくれた
煮物　赤飯　カリント　まんじゅう
四時頃帰る　見送る病室の上から　歩いて行く姿

ごめんお父さん　涙にくれる

四月十四日
夕べもよくねた
今日は兄弟旅行だが行くことができない　残念
いやな病名を知らされる
考えても仕方ない　なるようになるだけ
主人に迷惑ばかりかけてすまない　涙　涙
我が人生　くやしい
こんな病　夢にも思わなかった

四月十五日
今朝は胃液の検査　体温は三十六・七度　少し高い
何が何だか分らない　一日ぼうぜんと過す
主人が心配して来てくれた
千歳も明日来るとの知らせ
今日も涙で主人と別れる　わるい　わるい

四月十六日
夕べも何がなんだか分らない
涙の朝　今朝も胃液をとるとのこと
もうどうにでもなれ
一時頃　主人　千歳　正樹　和男さんが来る

二時より筋生検をやる
みんな待っていて
みんなが説明を聞き話してくれホッとする

四月二十一日
なかなか夕べは寝つかれず
十二時過ぎ寝たような気がする
早く家に帰りたい
午後回診があり
土曜日に退院する事になるが
病状は少しもよくない
これから先が心配だ

四月二十三日
退院の支度を朝からする
主人も早すぎる位に病院へ来て待っていた
完治して帰るのならよいが
考えることばかり
無言で家路につく

五月十七日
体力がない
少し動くと気分がわるくなる
のんびりとしていて体力を少しずつつけよう
七十才と云ふ年令を考えて

今週は体がだるく調子がよくない
なかやで今年は竹の子を何回ももらって食べる
D行院に行き供養をしてもらう
良い方に考えて生きるようにと
初めて逢った人より手紙来る
信じて生きよう

五月二十六日
一日一日　死に向かって行く
これから先　気持をどうして行ったらよいか
とにかく神にすがり栄養を取って体力をつける
運動もできる限りする

六月七日
さみしいよう　つらいよう　お母さん
動けるうちは動く　強くならなければ　涙が出る私の運命
父さんにわるい　先に死んでしまっては
どんな事があってももうどこへも行かない　家にいる
父さんと一緒に

七月十五日
毎日毎日暑い日が続く
お役目のグラウンド清掃　第一小の窓開け　センターの草むしりと
無事に役目を果すことができた　ありがとうございました

七月十八日
今週も終る　暑い日が続いた
主人は毎日　汗びっしょりになり働いてくれる
体に気をつけなくてはと思うが　がんばっている
せめて食事でもと思い考えている

十月七日
今日は四時に起きて坂戸に行く　大希の子守（熱を出し）　元気にしていた
午前中おもちゃで遊んだり　水あそび　自転車乗りをした
又、山でどんぐり拾い　折り紙などをして遊び
千歳がＰＭ一時頃帰ると云うので迎えに行った
すぐ帰って来てよかった　午後は送ってもらう　よかった

十一月十四日
文化祭　踊りに参加する
みんなによかったよ　よかったよと云われ
うれしくなる
思いがけず大希の応援もあり
楽しい文化祭ができた
生きていれば楽しいこともあるのだ

十一月二十二日
よいお天気　布団干し　洗濯
畑に行き野菜を見　ゆずを取り
ゆずジャムを作り　夕食の支度

当り前のことができる幸せ　いつまでも

十二月十二日
今週も忙しく過すことができた
正月も近づきガラス拭きも少し始めた
主人は仕事に毎日のように行く
私はS歯科に行くので主人を送り迎えしたりトイレ清掃
学校窓開けをやる
週末には千歳　大希　正樹　史江　浩弥と来て
それぞれの様子も分る
私も体調はよくないけど食事やら接待がまだできた
体はつかれる　がんばろう

十二月二十一日
年賀ハガキを出し　昨日できなかったので
母の墓前にスイセンとバラの花を上げる
気持がすんだ
もう五十五年位
母が亡くなってからすぎてしまったのだ

十二月三十一日
平成十六年も終った
色々なことがあった
病気　みんなに心配かけた
主人も毎日私の泣き言をきいているので

大変だったと思うが
何も云わずに許してくれている
わるい　わるいと思いつつ
又千歳には色々と心配してもらい
横浜の「気功院」にも何度もつれてってもらった
忙しい身体なのに申し訳ないと思う
S歯科にもつれてってもらう
歯の具合も良いような気がする
ほんとにありがとう
これから先どうなることか分らないが
なるようになる
がんばろう

## ――二〇〇五年――

一月十一日

川の流れ　水の音　さざなみ
みな美しいわが村
こんな静かな村
一人思う　幼き日　泳いだ川
みな思い出を残してくれる
時は過ぎ流れて行く
さみしさを残して
悲しさを乗せて流れて行く
川の心残りが
動かぬ川面　さざなみ
音もなく落葉一つ

流れ流れ廻っている
さみしい一人　時一人

一月二十九日
M病院に行く
きびしい運命の話をきいてくる
私の気持はもうきまっている
家族に迷惑をかけたくない
自然に生き終るのならば
何も悔いはない
ただ残る主人のことが心配なだけ
子供達はみな家庭を持ち心配ない

一月三十日
五時に起き
主人を奥武蔵駅伝に送り出す
一人コタツの中で物思っていたら千歳からTEL
泣いてしまった
千歳が来ていろいろと相談する
これからの病とのたたかひに
千歳はしっかりしている
私は涙涙
二人でひる食をし二時頃千歳は帰る
主人も間もなく帰って来た
コタツの中で泣いたり笑ったりおこったり

三月二十六日
六時に起きる
家の廻りこまごました事をする
裏山に行き
フキのとう
ヨモギ
ラッキョーなど山菜を取り
心なごむ
大希からTELがある　可愛いー
午後は三木屋の畑に行き
山菜を取り　木の村を廻って帰る
夕食の支度をする　主人も歩く

三月三十一日

六時に起きる　胸の苦しさがあり不安
主人に蒔物をしてもらう
人参　大根
この日記帳も今日で終る
何時まで生きられるか分らない身
来年は来年は生きていられるだろうかと
何事も気になる
毎日涙の出ない日はなかった
不治の病になり夢も希望もなくなってしまった
その日　その日を無事過せますよう
神に祈るのみ
涙を主人に見せたくないので一人苦しむ

時には心もみだれて主人を困らせてしまう事も多々あった
ごめんなさい……
今年はきびしい人生に向かう
生きて行くこと
病は進行するとのせんこくを受け
何年生きられるか勝負することになる
夫より先に死ぬ事はできない
夫に恩返しをしなくては死ねない
やさしい夫だったのだから夫を残して死ねない
気になる事は夫だけ
こんな人生になるとは夢にも思わなかった
運命とは

## 四月一日

六時に起きる　雲ひとつない晴天
桜の花の便りもきかれる　心を明るく
花でも見に今月は行ってみたいと思う
おだやかな日より
午前中は庭の草むしりをする
午後も主人と二人で植木の植替え
私は草とりをして終る
畑にも行き　さく切りを少しやった
足は痛いが裏山に行きフキを取ったり
春の味かくを味わう

四月十三日

今朝は天候がわるく主人が仕事のことで気をもむ
雨のため仕事は中止　午前中はコタツの中
午後は主人のさそいで近辺の桜を見に行く
嵐山～鳩山～松山～小川と
来年は行けるかわからない体
涙をふきふき出かける
小川販売所（ＪＡ）によって
八ツ頭など買って来た
二時頃出て四時半頃帰って来た
夕食の支度をして終る
日毎に体の調子はよくない
歩くのに左足が重くひきずる

四月十八日
午前中は七重のトイレを見に行く　西平グラウンド清掃に行く
午後は秩父方面にドライブ　一時半に家を出て五時頃帰って来た
定峰　長とろ　寄居　東秩父と　桜吹雪の中を
複雑な気持で主人の横に座り　ジッと考える残りの人生
美しい山々を目に焼きつかせ

四月二十二日
足が重くふらふらして歩きにくい　病は進行している
胸が痛む　主人に涙を見せてしまう
午後はリハビリに行く　治るか治らぬか分らないけれど
帰り無名戦死の墓によってくる

長谷先生の銅像の顔に手をふれてみた　遠いなつかしい姿
もの思う

五月八日
暑くなし寒くなしのよい天気だ
気晴しに化粧をしてみたがどこへ行く当てもなし
二人ぶらぶら庭の草を取ったりして半日終る
足は重くて歩く気になれない　お父さんもかわいそうだ
こんな私を見ているので　午後は気晴しにお使いに行く
東秩父を通りベイシアスーパーに行き　買物をたくさんして来た
ストレスが少しは解消されたかも

五月九日
午前中は学校窓開けに行く
ひる食をしていたら
床やのシズちゃんと博子が来てフキを取っていく
二時より四人で
青梅の塩船観音につつじを見に行き
五時に帰って来た　つかれた
姉は歩けても妹は歩けずなさけない　下で待っていた
でも二人がよろこんでくれてよかった
主人もよろこんでいた
楽しいことみつけて生きていこう

五月十三日

今日は主人が仕事に行くので
五時半頃起きておべんとう作る
午前中は割合と体が軽く動けた
主人は半日で仕事が終り帰って来た
主人は三木屋の畑に行く　私は家事
夕食の支度をして終る
美里で買って来た
ポピーが赤、白、ピンクと美しく咲き
私の暗い心を少しはいやしてくれる
毎日外との交友のない生活
でも主人と一緒にいられることは幸せ

五月十九日
今日は主人に風呂の掃除をしてもらう
私は衣類の整理
私がいなくなった時に　出し入れがしやすいようにと思い
着物は二階の物置へ持って行く
暑い一日だった
主人はフキの皮をむいたり主夫をしている
やさしいお父さん　足をもんでくれる
私のわがまま

五月二十七日
十時頃家を出て〇医院に行く

帰り東秩父販売所により定峰峠秩父へ下りて
羊山を通り正丸峠を通り
毛呂ライフに寄って帰って来た
何の仕事もなく二人でひまつぶしをする
秩父の見える所で
おべんとう持って行ったのを食べる
緑いっぱいの山々
来年は見られるかどうかわからない身
さみしい心
やさしい主人は何も云わず
私の云ふままだまって運転して
百キロ（？）走ってくれた

六月四日

昨日大希と千歳が来て力をもらい
今日は気持も少し明るいかと思ったが
医学書など見ていたら又不安がつのり落ち込む
なるようにしかならないのだから　もうしかたないと思い乍ら
後に残す主人のことなど思うと涙が止まらない
悲しい不運命　力がぬける

六月八日

今日もよい天気になる　主人は午前中ナスのビニール袋を取る
早ひる飯を食べM病院に行く　診断書をもらう　なんといやな病名
心は沈む　役場へ診断書を出す

主人にいやなことみんなやってもらいわるいと思う
病院に行く度心は沈む

🌱六月十一日
明るいから雨が止んでいるかと思ったが午前中は降ったり止んだり
午後は降らなかった　主人は植木刈込みをしている
植木刈込みをしている時が一番幸せなのかも知れない
私がこんな体だからマラソンもしないし　旅にも出かけず
申し訳ないと思っている　大希からＴＥＬあってもうまく話せない
肩首の廻りが固くなってきたような気がする　一生懸命生きよう
主人は午後は共有と生産森林の総会で行く
越生の姉からＴＥＬがある　又涙涙

七月十一日

六時に起きる
主人は役場の植木刈込みに行く
私は午前中は掃除せんたく野菜取りをする
午後は第一小窓開け掃除に行く
体に不安を持ちつつなんとかつとめを終る
四時半になって夕食の支度をして
主人の帰りを待つ
体も一日毎によくなればよいが
一日毎にわるくなるのでつらい
毎日毎日悲しい思いをしている
涙を主人に見せまいとがんばっている

八月一日

いよいよ八月に入る
はっきりしない天気　主人は仕事に行く
私は今日は朝から体の調子がよくない　足は重い
午前中は裏山に行きミョーガを取って来て洗う
やっと足をひきずりながら　なさけない
頭　首も変だ
どうしてこんな病に取りつかれたのか
歩けない　話せない　食べられない
神様は私にこんなバチを与えたのか　一日涙涙
父さんが来たら涙は見せまい　夕食の支度をする
泣いてしまった　一寸したことで主人も頭をかかえる

八月二十九日
今日は最後の学校窓開け
重い足を気にしながら車があいているので車で行く
その場その場でこれが最後と思い悲しい　さみしい
帰りぎわにナミちゃんの言葉に泣いてしまった　終り終り
主人は午前中　三木屋の畑　午後前の畑に大根を蒔く
私も出てみたが重い足ふらつく足　帰って来てしまった
今日はよく晴れた　秋の気はい

九月七日
大希の誕生日　五年前のあの感動は忘れられない
最高のよろこびだった　うれしかった　幸せだった

台風も私の方は雨も風も強くなく過ぎひと安心
ひる頃からは晴れて暑くなる
一時頃よりN病院へサヨを迎えに行く
二時過ぎ帰る　主人は植木刈込みをする　私は何もしない
今朝千歳よりファックスが来る
色々と気づかって　私もがんばって気合い　気合いだ

十月十一日
朝から両足が重く痛い　泣いてしまう
がんばって大希の集合写真に参加しなくてはと思い
物置の二階から着物を持ってきて着てみる　半日がかり
午後も着物の整理をする　もう着ることもない着物

十一月六日
六時半に起き十時二十分頃家を出て坂戸へ行く
高マ神社に参拝　原家にて軽食
五時より東松山坂元屋にて夕食　八時半頃家に帰った
病の体　大変だったが大希の御祝ができてよかった
帰りは坂戸より私が運転してきた
坂戸の父母は健康でうらやましい
大希もやさしく私の手を取って歩いてくれた
この可愛い孫の姿を末長く見たい

十一月二十九日
世はまさに美しい紅葉まっさかり

我が家の廻りも黄色にもえている
この景色も私にとってはつらい
二度と見ることはできないかもしれない
むごいと思う
がんばらなければ
がんばらなければと思うけど
涙が出る
千歳に心配かけたくない
少しでもいいよと知らせたいが
それはかなわぬ身　今日もすぎゆく
がんばらねば
人生きびしい

十二月一日

朝がつらい　今日も一日きびしい
何をする目的もなく一日一日と無事
主人は三木屋の畑のさといも掘りを半日する
午後紅葉を見に行くと云うので
私も主人がその気になっているのだから
行けるうちにと思い出かける
大野峠から正丸峠に下り日高廻りで帰って来た
複雑な気持　二度とこのコースもと思う
さみしい
夜　大希からＴＥＬ
一生懸命話そうと思っても声は出ない

十二月三十一日

今年も今日で最後
外は強い風が吹いている　寒そう
強い風が病をふき飛ばしてくれればよいが
そんなわけにはいかない
闘いにふらつく足で立ち上る
今日全力で正月を迎える準備
黒豆を煮る　にしめを切る　そばを打つ
手に力が入らずそばを打つのも最後かと思う
悲しい
一年間主人にも心配をかけ
やさしく足をなでたりしてくれた

ありがとう　お父さん　ごめんね

今年もがんばった　病との闘い
大希の五歳の御祝も無事つとめられた　よかった
家のお勝手もリフォームが無事終り
気分も少し晴れたような気がする
もっと早く実行すればよかった
気分晴々　自由自在
一日も長く使いたいが　運命
主人も大分年を感じる　心配
私のこと心配しているのだろう
かわいそうな主人
わるい　わるい　私が

今年もあと一日となる
元気で元気でと思う
きびしい一日きびしい一年
一日毎に力は衰え　手足は動かない　きびしい
泣いてばかりはいられない
私の言葉が主人に通じない
くやしいが　がまん　がまん
今年一年は主人にめいわくばかりかけた
大好きなマラソン大会にも出場できず
仕事も植木刈込み　生きがいをうばってしまった
本人も今年は木から落ちたり石垣から落ちてけがをした
年令だからと思うが気の毒でたまらない

残り少ない人生
どう生きて行ったらよいかわからない
病気を受け入れ一日一日全力
昨日のことは忘れる
あしたのことは心配しない
今日一日を全力

――二〇〇六年――

一月九日
一日水が出ないので洗濯もできない
汲みおきの水で食事の用意をする
主人は一日三木屋の畑に行きネギを取ったり

ゴボウがあったのを掘ったりしたとのこと
私は一歩も外へ出ることもできず家の中
さみしい　つまらない　話もできない
キンカンを煮たのをタッパーに入れる
今夜は残りものの整理
でも高いウナギで力をつけがんばろう
お父さんが又ころんで顔を打ちケガをする
ほんとにどうかしている
お父さんどうしたの
すっかり老けてしまって
散歩に出て足がとまらず
石に顔を打ちつけケガをして来た
私達どうしたらよいのか考えてしまう

一月十一日

高崎少林山だるま寺に行くことができた
藤岡まで運転をして行く
少し頭を使わないとボケてしまうと思い
お参りもでき　だるまも買うことができ
おみくじを引いたら中吉だった
石が深くてなかなかみつからないとあった
その石は何だろう　幸せの石かと思いお祈りをする
いつもの昌屋で二人好みのもの食べた
食事もとれてゆっくりとする　帰りは主人の運転
廻りの景色を複雑な思いで見ながら
来年も来られるか？　帰路につく

一月二十六日

あきらめない　千歳から伝えてきた
あきらめない　あきらめない　あきらめが一番こわいと
あきらめたらダメになる
冬晴れ　十時前にマサエさんが色々持って来てくれた
まんじゅう　イチゴ　ギョーザ　タマゴ　くずきり　オレンジ
十二時過ぎまでいて手足をなぜてくれる　ありがたい
主人も一緒　午後は神に祈りをする
主人はダイコン切りをしていた
夕食にシチューを作って　こがして失敗する
食事の支度のできる幸せ

二月四日

窓を開けると　すずめが電線にとまっている
四羽並んで寒い朝　でも立春
庭の植木場も鳥の楽園　鳴いている鳥の声　春を待つ
主人も私も老い　体は痛み　さみしい
二人して残り少ない人生　ゆっくり過そう
だけど話せない　聞こえない
いらだちに大声をあげてしまう
今日はきびしい寒さだ
主人は前の畑の草むしりをしていた
夕べはよくねむれ　トイレも起きず休めたが
一日のうちでも時には落ち込み泣いてみたり
がんばってみたりする　だけど病は進む　又涙涙

二月九日
朝から晴天
風は少しあり寒いが主人も一日家のまわりの世話をしている
私はこれと云ったこともせず一日終る
まさ子ちゃんからＴＥＬがある
姉妹でもまさ子ちゃんは心配してくれる　ありがたい
今日も料理教室（生徒一人）主人のためがんばる
春もすぐそこに来ている
どうなるのか分らない　夢もない　一日一日全力
今日は気分が少しよいように思えたが分らない
あんなに太っていたのにやせてしまった　この体
栄養をつけてがんばってみる

二月十九日
おだやかな春の気はい
ゆっくり起き　ゆっくり動き出す
今日は千歳と大希が二時頃来た
おばあちゃん　おばあちゃんと呼んで来た
大きくなって　可愛い可愛い孫
何時までも見守ってやりたい
元気よくおじいちゃんと遊び五時頃帰る
又来るからねと云って
体は日に日にわるくなっていく
誰にも分らない　又さみしい苦しい日が続くのか
夕食も食べず　あるものを持たせてやる千歳に
動きたい遊びたいが動かぬ体

三月一日

主人の誕生日　七十四才となる
過ぎ去った年月　幸せだった　旅をした二人で
ありがとう父さん　こんな私を見守ってくれて
いつまで生きられるか　これから先どんなことがあるか
分らないけれど　主人に感謝
手はしびれる感じ　不安だけど
今日は主人によまい言は言いはしまい　がんばろう
寒い寒い日だ　家にいても　もうすることもないので
二人で気分転換にいなげやに買物に行く
主人の誕生日なのでおいしいものと思って買物する
夜千歳からおめでとうのＴＥＬがあった

三月二十六日

山に祈り　朝日に祈り　花に祈り　風に祈り　神に祈り
夜は星に祈り　月に祈り　目に見えるものすべてに祈り
今日も始まり終って行く
がんばるぞと立ち上る　足は重い　ふらつき
手も重い　にぶい
午前中　両杖で裏山に上り
フキ　三ツ葉　ヨモギを必死で取ってきた
もう取りにこられないかも知れないと思い乍ら
相撲を見て夕食
今日は一日　手足のつめたい痛い日だった
不安はつのる

四月九日
千歳に日記帳をもらい書き始める
この日記帳が使い終るまで書けるか　がんばろう
お祭りも終る　一生懸命お客を迎えるのに
がんばっていたが終ってしまい
大希も帰りさみしくなり泣いてしまう
これから先　何を希望に生きて行くのか
さみしいが　一日一日を無事に過せますよう　神に祈り
楽しいことを見つけて行こう
気になること　主人のしぐさが気になる
やることなすこと少し変だ
大希は帰ってしまってさみしい
でもあの笑顔　声は残っている

四月十九日
M病院　今後のこと
長くない命　考えるとさみしい
でも命ある限り生きる　がんばる　もうそれでいい
主人から仲良くくらそうと云ふ言葉に涙

四月二十二日
おだやかな毎日　日本の国もあの戦争をのりこえ
こんな静かな生活ができることは幸せだ
私達の人生もきびしい生活の時もあったが
今はもう食べることには心配なく
年金でなんとか過していける　幸せな生活が保たれる

只　私の病　病にはかてない　あきらめているけど
主人にわるい

五月十五日
よいお天気で週初めだが体はともなわない　きびしい
主人も私のそばにいると泣き言を云ふので
逃げる　逃げる　気持はよく分る
色々の思いがあるが　生きる
生きるしかない　命ある限り
生きる望みは主人のそばに一日でも長くいてやれることと
大希のおばあちゃんと呼んでくれる声
大希　大きくなってもママ（千歳）大切にしてね

五月二十二日
晴れの予報もはずれ暗い一日　私の心も暗い
手足が痛くて動かない　泣いてしまう
主人に足をなぜてもらう
主人も長い間　事業団の理事をしていたがはずされる
やむを得ないこと　もう無理だと思うが気の毒でもある
私のために仕事へも行けず　申し訳ない
お父さん　長い間　ご苦労様でした

八月二十日
お盆も終り　おまつりも終る
心配していたが主人もお祭りに参加できてよかった

二階から主人の舞を複雑な思いで見ていた
さみしいやら　老いの姿に
でも私の夫　長い間　支えて来てくれた夫
話せないもどかしさ　動けないつらさに　主人に当ってしまう
心の中ではわるいと思っているのに
悲しくなって　一人泣いている

十二月三日
大希が来て折紙をしたり踊りを見せたりして帰った
手話のおどり　涙がポロポロ流れる時は
僕の事　思い出しておくれと云ふような歌だ
泣けてくる

十二月二十八日
枯葉が落ちる　さみしいな
私もいつか落ちる
がんばるぞ　がんばるぞと云えど
かなわぬ病
主人は何かとやさしくしてくれる
やさしくしてもらえば
なおさら悲しくなって泣けてしまう
ありがとう

十二月三十一日
晴れて静かな日だ　今年も終る

生きられないかと思ったが平成十八年も終る
来年は無理だろうと思うとさみしいが　運命
がんばれるだけがんばる

# 想い　二〇〇七年～二〇〇八年

## ──二〇〇七年──

一月二日
くもり空だが箱根駅伝も雨も降らずよかった
千歳と見に行った時のこと思い出しながら
（主人と）幸せだったあの頃
誰にも頼らずと思いせんたくをするが
動かぬ体に涙が出てくる
一日二人の世界

一月十一日
少林寺へ行けたが歩くことできない
トイレもできない　洋式でないと

やっと　主人に頼んで立つ
なさけない
もうどこへも行けない
最後のお参りかと
廻りの山々を見おさめかと見る

一月十四日
大希が来た
おばあちゃん　おばあちゃんと云って
生きてるよろこびを感じる
なかやの姉も
カステラとくつ下を持って来てくれた

二月二日
どうしたらいいのか分らない
夫に当ってしまう　悲しくて悲しくて泣く
わるい　わるいと思いつつ当ってしまう
ゴミ箱にも当り　杖でたたいて開ける

二月三日
お父さんは獅子舞をし　奉納を何拾年もやって来たのに
私にこんな病　お父さんを不幸にする
今日は節分だが何もしない
神もほとけもないと思う
もうどうにでもなれ

## 二月七日

原　武郎さん死亡の知らせあり
大希が　おじいちゃん　ののさんになったと云ふ
おばあちゃん　話ができるようになったと云って
千歳に知らせている
話せるようになりたい　なりたい
坂戸のお父さんともお別れだ
あの姿が忘れられない
おいしそうにのむ酒六人
坂戸父母　西野父母　和男　千歳と
おいしいカニ料理　サシミ料理と戴き
みんなして食事をかこんだ時
あの頃は幸せだった

二月十日

原家の葬儀に行く
行くつもりはなかったが
お母さんが逢いたいと云ってくれたので
本気になって行く
よろこんでくれてよかった
お父さんもきれいな顔をして
お人形さんのような美しさ
ひつぎも純白の
きらきらした美しいひつぎ
結婚式のような美しさ

十二月二十一日

今週も何かとある
月、火曜日は訪問看護ヘルパーが来る
なかやの姉も来た　千代ちゃんも久し振りに来てくれた
今日は　私　M病院外来　千歳も来てくれた
行きはタクシーに乗って行く　帰りは千歳に送ってもらう
主人は薬の飲み方もまちがえ
はきけあり　ふるえも来る
小便もトイレをびしょびしょにする
人のことは私も云えないが困ったものだ
病院でトイレに車椅子で行ったが
まわりの人が親切にしてくれる
ありがたい

三月一日

今日はお父さんの誕生日
いつも心配ばかりかけてすまない
赤飯をした　言葉には出せないがお祝い　七十五才
今迄は幸せだったが今は私のために暗い毎日だ
ごめんね
誕生日の花　ラヂオで放送していた　母子草
いつも思うやさしさと云っていた
主人にピッタリだと思う
母子草の曲が流れ　涙ながらにきく
言葉に出すと泣けてしまうから　おめでとう　お父さん
こんな病気になってしまって　許して

## 「夫へ」

私は幸せだ
やさしい夫に足をなでてもらい
わがままを言っても許してくれる夫
私もやさしくしようと思うが
おこったり泣いたりしてしまう
がまんが足りない
こんな私をいたわってくれる夫
私は幸せだ　お父さん許して
こんな私を

お父さん今日も一日さみしかったろう
つらかったろう　私のために
お互いどこへも行けないのだから
さみしいよね
もう少しだからがんばって
ありがとう　お父さん
びしょびしょになるタオル

三月二十八日
天気は最高なのに体はダメ
がんばってもがんばっても
手足は動かなくなる
胃の調子もわるいが食べる　もたれる
主人の布団を干し
枕カバーやバスタオルをきれいなのにする
もうできなくなってしまうのかと思い
動かぬ手足でがんばる
お父さん心配ばかりかけてすいません
良い人なのに苦労かけて
だれに話しても　なにもどうにもならない体
お父さんだけがだまって手足をなぜてくれる

三月三十日

いつまで生きられるか　この美しい山の姿も　この部屋も
すべてのものにお別れ　悲しいものだ　むなしいものだ
だれもがこの道を通るのだからしかたない

三月三十一日

今日は気分もわるい　動けない　一日泣いている
お父さんがおれが働かないからと云った
私はもうお父さんに働いてもらいたいとはもうとう思っていない
そんな欲なんてない
ただ短い月日　私のそばにいてもらいたいだけなのだ
私の人生も終り　この日記帳も終り

これまでよく書けたが字もみだれて来た
がんばってがんばってきた
明日からどうなるのだろう

四月九日
花むらさき　つつじ満開
花を見ても悲しみ　鳥の鳴声をきいても悲しむ
なんと悲しい日々
午前中　訪問看護師来る
大希は一年生　ランドセルを背中に入学式の姿が目に浮ぶ
天気もなんとかよかった
一歩も外へ出ることなく家の中

六月七日

今日は朝から心は沈む
保健所からの手紙
ALSは難病中の難病とある
分ってはいるけど一日泣いている
天気もはっきりしないが
祈り　リハビリとやる事はやる
歩けない　声も出ない
病は進んでいる
お父さんもパーキンソン病
手の指が曲って来た
こんな不幸がどうして私達に
暗い暗い一日だった

動けるうちはと思い
がんばって料理する

六月十八日
今朝起きる寸前に
千歳と正樹と三人でいて
歩けるようになったと笑いながら
歩いている夢をみた
正夢か
そんなことない
逆夢かと不安で起きる
曇り空　心もくもる

八月一日
晴れる
みんな治るのに　私の病は進むばかり
努力しても努力しても
悲しくなってしまう
主人は午前中B医院　午後はA眼科に行く
ヤオコーで買物をしてきた
夕方　サヨが神社でたおれて
キュウキュウ車でR病院に行く
主人も一緒に行く
隣りへTELして来てもらい　連絡をしてもらう
なかやの兄夫婦　昭さん
ユキちゃんにも来てもらう

十時半　正樹が乗せて主人も帰って来た
寝たのは十二時すぎ

八月十四日

死にものぐるいで　ぼた餅を作り
お盆様に上げる
夫は何も分らず悲しくなる
どうして二人共々
こんな病になってしまったのかと思う
早く楽になりたい
汗と涙でタオルはびしょびしょだ
こんな毎日はもういやだ　やだ

八月十五日
朝から主人のなにも分らない病のため
仕方ないとは思いつつ　いかり　悲しみ
もうこれ以上　生きて行けないかとも思う　仏前で泣く
暑さは一段ときびしく我が病身におそいかかる
正樹の家族十二時半頃来て二時頃帰る　足手口動かずくやしい
主人は夜　盆踊りに行く　たいこをはたいて来たとのこと
良かった　今年が最後かも知れない　さみしい

――二〇〇八年――
九月十三日
家族との思ひ出

縁あって結婚した　色々と事情あり　たいへんだった
孤独だった私はお父さんに託した　でもお父さんは一生懸命働き
私を幸せにしてくれた　楽しかったことだけ記そう
子供　千歳と正樹も順調に成長し家庭をもつ
お父さんとはマラソンのお供で数えきれない程
色々な所へつれて行ってもらった
塩原は何十回だかわからない　大島へ行ったのも思い出のひとつ
よく無事に車を運転して行ったといまさら思う
千歳にには旅行につれて行ってもらった　思い出がたくさん
九州　北海道　沖なわ　山形～関越道　通りぬけ
新潟～山形～福島と
お父さんが青森～東京間駅伝で走ったコース通ってくれた
サクランボ狩りの思い出もある

九月十四日

牛乳もみんなしてもらわないとダメ
お父さんに頼むとおこる
もう牛乳も生協にたのまないようにしよう
ラヂオで今日は十五夜だと報道している
去年まで十五夜様にススキ　その他を上げたが
今年は無理だと思う
朝からお父さんに電動椅子のスイッチが
ぬけてるので入れてくれと頼んでも分らない
スイッチを持って　うろうろしている
どうしてこうなってしまったのか
電気のことは得意だったのに
体がだるくてだるくて

でも負けたらいかんと　がんばってリハビリする
午後はテレビを見乍ら雑巾をぬう
ハリ目が通らず　昨日からまぐれで通る
もう雑巾もぬうことはない
手も思うようにならず　一針一針やっと
相撲がはじまる
十五夜はできなかった　しかたない
空は晴れ　月が出ると思うがさみしいものだ
いつまで続く
子供達も連絡なし　それでいい　涙を見せるだけだもの
今日はお父さんは区の草刈りに出る
午後は前の畑　がんばっている
お父さん今日もありがとう

九月二十日

朝のうちはむくみもなし　痛みも
夜見る夢が私の社会参加と思い記す
夕べはあれてしまい
お父さんにわるいことしてしまった
思うようにならず泣く
お父さんも　おれも泣きたいよと云った
毎日毎日こんな私を見ているので
がまんしてがんばっていてくれる
私は泣き　泣きたい時には泣き
ストレスをかいしょう　許して下さい
そうするしか道はないのです
毎晩ねむれず

夜中十二時～二時頃まで床からでて
外の空気を吸ったり椅子に座ったりしている
涙でぐしょぐしょ
昨日はシズちゃんとアサちゃんが来ておひる食べ
アサちゃんが　シズ帰るべや
だれだかわからなかったが
死んで見舞に行かなくてはだから
又シズちゃんが　外国人のような嫁をつれて来て
裏山で野菜を取って料理して　にがいとゆっている夢
今日はどうゆう一日になるか　彼岸の入り
朝から動きたくても力がなく動けない
なにから何までやってもらう
お父さんありがとう

みんなみんなお父さんにやってもらえ
お父さんがゴミを捨てたり
私の云ったこと
みんなやってくれる
きれいにしてくれる
私は右手も動かなくなる
ひる食に物をはさもうとしても　はさめない
玄関の鏡の前に立ち　顔　姿をみた
やつれて変ってしまった姿に失望
午後もつらい　体にむちうちリハビリする
主人も草刈り　目もくぼみ　汗びっしょり
無理しなければいいのに
五時半になっても入って来ないので

いらいらして大声をあげる
窓もしめなければ　かが入ってくる
デンキもつけなければ
おひるの茶わんなどもテーブルの上にある
したくもできない
みんなやってもらうのだから
外のことは早く引きあげてもらいたい
いらいらして手の指を切ってしまった
つらいつらい　どうにもならない
主人にわるいと思いつつ
おこってしまう
毎日毎日くり返し

九月二十二日

子供達とも一緒にいる時間は少ないと思う
どう思っているのだろう
自分の生活がきびしいから　私のことなど
七十五才の誕生日をめざしてきた
これからは　もうけと思って生きる　いつ死んでもいい
あまり寒くならないうちに　字もかけなくなる
夕べは四時　ラヂオをきく予定だったがききそびれてしまった
夢も忘れた　七十五才　誕生日
だれからもおめでとうの言葉はない
こんな体の私におめでとうもないのは当然
自分で心の中でおめでとうと思う
雨が降ってる　寒い

これから寒さにむかい　きびしいと思う
いつまで動けるか　この家にいられるか
午前中リハビリをしていたら　越生の茂がお彼岸で来てくれた
話すことも　してやることもできず　すぐ帰る
体は腹もはり　むなぐるしさもあり　気分わるい
目も開けているのがたいへん
お父さんに扇風キをしまってとたのむができない　困ったものだ
リハビリをして五時になる　相撲をみて夕食
たべたいものもたべられず　パンを食べる
ブドウをマサエさんにもらっても一粒たべただけ
体がやせてきた　手も動かず力がなく　なにをやるのもできない
健康ならばお父さんと笑顔で誕生祝ができるのに
くやしい　くやしい

九月二十八日

今日も大声をあげてしまった
居間に敷物を敷きコタツにしたが
コタツもこわれていてダメ
二階にコタツがあるので
お父さんに話したが
とんでもないものをやたらと持ってくる
重たいラヂオ　カセット　すいはんき　敷毛布
その他などなど
私はいらいらしておこる
こんなものがあたたかくなるか？
コタツと云っているのに
あきれてしまう

寝る部屋のドアをあけて右側
色々なものがのせてある
今日でなくても　あしたでもいいと
書いて渡したのに
なんだかわけがわからず
私はあきれて床の中に入ってしまう
なにもかも私が手を出さなければ　できない夫
私は動きたくても動けない
むりをして動くので右肩も痛くなり　ふんばれない
悲しくて悲しくて
動けたら頼まなくてもできるのに
一人泣く

## 九月二十九日

寒さに向かう　病の身たえられるか
寒い朝だ　咳ばらいしても　腰　身体痛い　寒さが思われる
今日はヘルパー　看護師　冷蔵庫が来る予定だ
主人にトイレを捨ててもらう
自分でやろうと思ったが持っていってくれた
やさしいお父さん
いやなこともなんにも云わずにやってくれるが
私はすぐおこってしまう　馬鹿な私
夕べは真中さん　水谷さん三人で旅行に行った夢を見た
冷蔵庫ともお別れ　千歳が川越で下宿していた時のだ
三十年も我が家のれき史を見ていてくれた
楽しいことが多かった

お別れはさみしいけどありがとう
思いがけず正樹が休みを取って来てくれた　色々としてくれた
コタツも元がぬけていたとのこと
冷蔵庫も大丈夫だと云ったが　注文して今日来るし
もう三十年も使って　前から音がしていたので
思い残すことはない
正樹はＪＡで払戻し　セイムスで電球を買って来て
主人の部屋に取付けてくれた　ありがたい
私の手肩もマッサージしてくれた
冷蔵庫が来るのを待ち四時半帰る　ありがとう
今日はリハビリはしなかった　七時になり床に入る
雨が一日降る
正樹との時間が持ててよかった　おひるも一緒にたべる

## 十月一日

月初め　きびしい　苦しい
右首肩が痛くなり首を後ろへたおせない
通り行く人達　通り行く月日　十月一日
きびしい一日だった
十月　きりが深くて暗い月初め
お父さんがなかなか起きてこない
いつも五時二十分頃は起きてくるのに
六時近くに起きて来た
おそいから　みそ汁を作らないで　そくせきのみそ汁を出し
これでいいやと云って　お勝手に行く
コチコチと音がするから　どうしたのときいたら
みそ汁を作っているという

今これでいいと云ったばかりなのに　もう忘れてる
なにごともこんな具合で　毎日毎日過してる
困ったと思うが　病気だと思いつつ　大きな声でどなる私
お父さんはトイレもすぐ下着をぬらしてしまい
朝とりかえ　おひるにとりかえ　夜とりかえ
又朝　アンモニアのにほいがひどい
おむつをすればと云ってもきかない
私も急に右首肩が痛くなり
午前中はなんとかシャワーもしてもらったが
首が後ろにたおせなくて　食事も困難だ
動けず床に入ったが痛くてね返りもできず
今夜どうしたらよいかわからない
ねていても苦痛なので　三時四十分トイレもしたいし

やっと起きる
手も力がなく痛くてダメ
今迄がんばってやって来た
リハビリもとうとうできなくなってしまった
頭も痛い　肺炎になって死ねたらいいと思い
熱を計ってみたら六度三分だった
お父さんもどうするのだろう
私がいなければ薬ものめないし
もういよいよダメだ
この姿　よだれは出る　物はこぼす
一日一日とわるくなる身体
どうすることもできない

十月二日

雲一つない秋の空　さわやかな風
こんなおだやかな季節なのに　私だけが
いや　お父さんも道づれにして
首肩痛い　首まわらず
外はうらめしい秋の空
夕べは首肩が痛くて寝返りもできない
お父さんにそばにいてもらいたいが
布団を敷くところはないし　一人寝る
もがいても　もがいても
布団かけることできず　寒い思いで一夜を過す
これから先　この首肩の痛みは治るだろうか

足も治ったから治ること祈る
夕べは兄弟姉妹の夢を見た
英ちゃんがいて　政治がいて　私
英ちゃんが知事選はどうなったと云って
そうだ　そうだ　政治と私がラヂオをかけたが
知事選はなかった
寝よう　ラヂオは私のだと云って
竹林のようなところで政治のそばで寝る夢だった
もう一つ夢を見た
越生に行きマツ　アサ　シズちゃんがいて
私は車でどこかスーパーへ行って　帰って　越生の家に行く
みんないて　なお子さんがおひるの支度をするのが大変だから
私がどこかで買ってくると云ったが　みんなだまっている

そうだ　私は動けないと思う夢　七人集まった
午前は夏のザブトンをヘルパーさんに干してもらい
リハビリ　少しやると千歳が来るので待つ
二時半頃来て衣類の整理などして四時に帰る
女の子は女の子の仕事　男は男のことをしてくれる
女の子と男の子を持ってよかった
帰ってしまうのは淋しいけど　自分の家庭がある
自分の家庭をしっかり守ってくれればそれでよい
私は午後はなにもせずコタツの中にいて動かず
千歳が買って来た寿しをいただき
早目に床に入るが入ってもたいへん
首が痛く　朝まで長い時間を過さねばならぬ
神様少しでも楽に眠れますように

お父さんごめんなさい　毎日けんかのさわぎだけど
私はお父さんに感謝してます
今日もなにからなにまでお世話になりました　ありがとう
今日もお先に床に入ります
お父さんは夕食に寿し　その他いっぱい食べたのに
一時間もたたないうちに夕飯は何を食べたんべと云って
パンを食べようとしている　困った困った

十月五日
すこやかに願う心　裏はらに今日も過ぎゆく
首肩痛い　腰は昨日よりよい
遠ざかる旅の思い出　胸にひめ

楽しかった思い出　北海道の旅
夕べは寝る時　お父さんが電キを切らずに
二階に行ってしまった
首が痛くて　やっと寝る位置を作ったのに
起きて電キを消しに起きる
棒電キに両杖をついて
両杖をひっくり返してころんでしまう
二階へ向って大声でオーオーとさけんでもダメ
やっと起き　床につく
なさけなくて　くやしくて　でも夢を見ず
十一時　三時にトイレに起き寝た
今日は腰の痛みが昨日よりよく　よかった
五時起きる　朝からやわらかい日がさし暖かい

やっとトイレを捨てる
いやな事　お父さんにさせたくない心
できるうちはと思うが　いずれできなくなる
秋祭り　あっちこっちで花火が鳴る
行きたくても行けない　さみしい
午前中　少しリハビリする
早目にひる食　食べにくい
のみにくい　手足は動かない
すべてを失ってしまった病気
もうさんざんなやみ　くるしんできた
これから先　生きていても苦しむだけ
どこへもいけない　つかれた　つかれた
体がだるくて動かないが

気分転換に立ってみよう
リハビリする　動いたほうが気分がまぎれる
午後はくもって来て雨も降って来た
四時になる　巨人～中日戦を見　夕食
食べるのも命がけ　むせる　くるしい
お茶も飲みづらく　こぼれる方が多い
こんなみじめな　生きていてもと思う
手も物が持てない　床に入ろう　明日はどうなる
今日もいらいら　頭がわれそう　痛くなる
なにをしたくてもできないが為
お父さんにめいわくをかける
あと五十四日　生きられるか

十月七日

花《モクセイ》の香りで　季節を感じつつ　流れゆく
首肩痛いが　少しずつ良い
なんときれいな朝の空
思わず窓を開け深呼吸する
夕べ　朝方前の道路の所に英ちゃんと政治がいて
コスモスがたおれ　ふみつぶしてしまうから
と云ってる夢だった
コスモスの花の季節だが一株もない
私がいれば　コスモスも草を取る時に残して置くのに
お父さんは花も草もわからず
みんな　むしり取ってしまう
庭にも花は何も咲かなくなってしまった

今年はアジサイも切り
サルスベリも花はみない
今の季節
モクセイの香りがいっぱいしたのに今年はしない
ユズのような小さな実も今年はない
きれいにするのはよいけど
置くべきものは置いてもらいたいと思うがダメだ
もう私はあきらめているけど
自分でできないのだから　さみしいものだ
日記をかいていると涙が出て止らない
千歳が来春は結婚するという秋
さようなら　さようなら
と云っているようにゆれていたコスモスを見て

さみしく泣いた時もあった
しかしその時はうれし涙もくわわっていただろう
十年も前のこと思い出す
この頃はよかった　あの頃はよかった
云ふ事いっぱいある　私は幸せだった
午前中はがんばって
いつものやうなリハビリをしてよかったな
思った後　洋間の前の所をふこうとして
座ってしまったら立つことができなくなってしまった
お父さんに手助けをたのんだがだめ
もがいても　もがいても一時間立つことできず
おひるになり　お勝手からはってきた
もうダメと失望

お父さん　もう長いことないから　仲良くしよう
もう生きられない　一年祭まで
午後もリハビリをしていたら並崎の孝さんが来た
主人と話をしてる　私はリハビリする
終ったら　マサエさんとミキ子さんが来てくれた
色々と持って来てくれた
みんなとお茶のみをしたとのこと
うらやましい　私も行きたい
みんなと話したいが　かなわぬ夢
かなしくて　くやしくて
夜は栗ぼうとう　いただく
みんなみんないいなあ　私だけが

十月十六日

お父さん五時に起き朝食の支度
これから寒くなり　たいへんだと思う
ありがとう　わるいわるい
身体痛い　歩けない
友情に心あつくした一日だった
きつい　きつい　リハビリをしていたら
思ひがけず真中さんがよってくれた
そのあと　マサエさんも
コンニャク　ダンゴ　イチヂクの煮たのを
持って来てくれた
今日は思いがけない人が来た
主人の事業団の知人も

野沢菜を持って来てくれた
ありがたい
友情に心あつくした一日だった
生きていたら見捨てられずにいる
死んでしまったら忘れられてしまう
しかし今日は体調わるく
死を間近に感じた
複雑な心境
夕食にダンゴいただく
友の訪れ
泣く泣く別れ　言葉なく

十月二十六日

夢にも見なかった災難が　わが家に
現実きびしい
右うで痛い
二人して一人前にも　できない家事
老いの身
夕べは少しねむれた　夢もみない
トイレに一回起き　五時半にトイレがしたくて起きている
よだれが出る
お父さん五時四十分頃起きてきて朝食の支度
女の私がやるべきことをみんなする
たいへんだと思うが
もんく一つ云わないでやってる

ごめんね　お父さんありがとう
涙が出る
朝から泣き顔をみせてはわるい
必死でこらえる
今日も一日おせわになります
午前中リハビリする　やっとの思いで
午後はテレビを見ながら
通院の時　正樹にいろいろ
たのみたいことがあるので用意しておく
手が思うように動かずなにをやるのもたいへんだ
三時になる　午後もがんばってリハビリをするかな
やっと立ってやる
夕食がないので

ホットケーキを二人がかりでやるが
たいへん
お父さんにたのんでも
とんまなことばかりやったり云ったりする
普通ならかんたんにできること
私はできない　くやしい
立っているのもたいへんなんだ
なんのたたりか　こんな病気になるなんて
お父さんは書いてやっても
理解できないのか反応なし
困った　やることもたいへんだ
今迄はできたことも
できなくなってしまった

毎日道路のはたでよちよち歩いて
草を取ったり　枝を切ったりしている
車が通るのであぶないし　人にめいわくだと思う
風呂にも入らないで真黒な顔　手をしている
今日　無理に風呂に入るようゆって入った
明日はどうなる
八時床に入る
九時半トイレ　十二時　一時　四時三十分
しかしお父さんがいなかったら困る
物ひとつ持てない私
お父さん今日もありがとう

十一月十七日
やっぱりお父さん
お父さんなしで一日も暮せない
ありがとうお父さん
右肩うで痛い
涙さそう　夫のやさしさ
ごめん　馬鹿な私で
今日もきびしい一日が始まる
夕べは九時に寝たがねむれず
十時半起き　又十一時すぎ起きる
寝返りも打てず体がいらいらする
五時に起きる
夕べはお父さんにひどいこと云ってしまい

めちゃくちゃにしてしまった
お父さんも今朝はやさしく気を使ってくれる
汚物も捨ててくれる
こんな良いお父さんはどこにいるだろう
やさしさに又泣いてしまう
私は幸せ者だ
午前中リハビリしていたら
チエちゃんが来た　京都のみやげを持って
お墓に行き十一時帰る
看護師来る　シャワーする
午後もリハビリする
夕食にホットケーキを作る
お父さんに牛乳を持ってきてくれとたのんでも

どこにあるのか分らない
冷凍室をなんどもなんども開けて色々出し
これかい　これかいと云っている
私はいらいらして
又大きな声を出してしまう
牛乳はいつでも私の寝室の冷蔵庫に
入っているのに分らない
なにかをたのんでもだめだ
困ったものだ
病気だからと思うけど
あんなに器用で色々とできたお父さんがなんで
私がなんでこんな病気になってしまったのか
神様をうらむ

なにもわるいことしてないのに
八時すぎたので床に入る
九時半トイレ
お父さんはまだ起きていたがすぐ二階に行く
もうしばらく二階と下で寝ている
そばにいて色々としてやれたらいいが
もう私は二度と二階に上ることはないだろう
ベランダもきれいにし
せんたく物を自分で干せたら
幸せだろうと思うが
もうなにもかも　かなわぬ夢
たびたび目がさめ　十一時　二時　三時　四時と
時間をきいている　五時起きる

## 十二月一日

寒い朝に主人の朝食の支度　思い　心痛む
区切りよく十二月一日始め
どんなことが記されるか　いつまでか
今年も早　師走となる
よく生きてこられたと思う
サヨの一年祭も終りほっとする
私はなにもできないが
みなさんの協力をありがたく思う
心新たにしっかりしなくてはと思うが
日ごとに動かなくなる身体
不安な朝となる
五時十五分起きる

主人同時　夕べもコタツは一晩中つけっぱなし
主人のボケもきびしいが
なにはともあれ無事過せればよいと思う
午前中少しリハビリしてシャワーする
お父さんはなにを話しても通じない　こまったものだ
午後はもりかごの缶詰めの整理などしてリハビリする
五時頃シズちゃんと博子が豆腐と梅もどきを持ってきた
ぶどう　リンゴをやる
夕食
今日も一日終る
きびしいが一日一日を
寒いが晴天

十二月十四日
寒さ　くるしさ　つのるばかり
なにがなんだかわからない
夕べは九時に床につき
十二時　三時とトイレに起きる
朝　目をさますと
お父さんはもう起きて朝食の支度をしている
だるくて痛くて起きるのがつらい
コタツの上を見たらヨーグルト　ハシ　おかずが
ちゃんと出ている
泣かないで起きなければと　がんばって起きる
早くみそ汁　ごはんを持ってきたので
私は身支度もままならないので　時間がかかる

冷えきってしまってるが
お父さんががんばってるのだから　なにも云えない
ありがたいわけだ
お父さんがいなければ一日も過せない
ありがとう父さん
雨が降っていて寒い
身体だるくて痛いのでこのまま寝てしまえば
もうダメだと思い
気持をふるい立たせて午前午後とリハビリする
お父さんとの生活もげんかいだ
お父さんのやること　すべて何がなんだか分らない
私は動けない

十二月十八日
もうどうしようもない二人共
夢はさめる
婦人会で色々とかつやくした　運動会で走った　一番で走れた
夢さめる　現実のきびしい一日が始まる
天気は朝から晴天　動くのがたいへんだがリハビリする
今迄できていたことができなくなる　声も出なくなる
がんばってもがんばっても効果なし
くやしい　むなしい
ＪＡで保険満期　こんな体ではお金はいらない
さみしいもんだ　でもないよりあるほうがよい
千歳　正樹のために
これから先なんで必要になるか分らない

終りになるまで　なに一つできない体
みんなお父さんにたのまなければ
じっと　じっと　がまんしている
あんなに器用だったお父さんも
なにもできなくなってしまったから
見ているとたいへんだ　手はふるえ足ももたつき
かわいそうだ
いつまで世話になれるかわからない　考えなければ
午後はリハビリしてマッサージの来るのを待つ
お父さんは益々わるくなる
一寸前のこと　なにもみつからない
すぐそこにあるものもわからなくなってしまった
困った困った

十二月二十八日
考え　なやみ　泣き
せつない　きびしい日だ
これからいつまで続く
ひる食後
お父さんが手のしびれが来たと云う
いよいよダメだ
この所なにをやるのも見ていてたいへんだ
歩くのも着るのもうまくきられない　私も同様だ
今までがんばって　がんばってきたけれど
千歳と正樹にきてもらう　なんとか考えなくては
それとも二人共たおれるまで
だまっていてと思案の日々

一日泣いている　もう力つきた　がんばれない
このまま動かないでいると寝たきりになると思い
やっと立ちトイレ洗面所の方へ
しばらく振りで行き　トイレの紙を持ってきた
又仏様に線香を立て
お父さんに水をコップにくんでもらい上げ
母の*立日《たちび》を忘れていた事わびる
四時半頃から夕食にするが
食べるのに時間がかかり
六時すぎ終る
今夜はテレビもラヂオもいいのがないが
早く寝ても腰は痛くて楽ではないし
お父さんがダメになったら私は生きられない

＊立日《たちび》＝命日のこと

十二月二十九日
やっぱりわが子
心配してきてくれる
さみしくて少しこないと悲しくなる
ヘルパーさんその他の人が
今年も終りなので
よいお年を迎えて下さいと云って帰るが
良い年を迎えられるはずがない
苦しい年が待っている
腰が痛い　歩けない
午前中なんとかリハビリする
腰くだけになる
泣いている

こんなつらい思いをしているのに
だれ一人分ってくれる人はいない
お父さんは午後も外へ出てしまい
道路っぱたにいる
やることはいっぱいあるのに
木の葉を一枚一枚ひろっている
外にいることが
ストレスのかいしょうなのだろう
私は動きたくも動けない
お正月でも目をつむってなにもしないし
できないし　じっとしていよう
つらい　つらい
三時半頃千歳が心配して

色々と買って来てくれた
ありがたい
心配をかけてわるいが現状を話す
よい話ができるようだったら
どんなに幸せか
つらくても苦しくても痛くても
がんばってリハビリする
私のつとめだ
二人のうちだれかダメになれば
この家にはもういられない
二人して一緒に死ねれば
葬儀も一回ですむし
お父さんを道づれにしては

お父さんは今夜もよくたべる
私は食べられないから
すしニコたべたのに
みんな食べ　油あげ寿しも
これも食べてしまえと云って食べている
もち菓子は袋へ入れてかくしておく
異常なので
その姿を見ていると
かなしくなる
カレンダー　千歳がかえていく

# 詩

天の風になる　私が死んだら　天の雲になり
星になり　月になり　風になる
鳥になり　水になり　青葉になり
お父さんを見守っている花になる
死にはしない
いつもお父さんのそばにいる

春は去りゆき　風薫る五月
みどりの山々　がんばってがんばって生きている
幸せだったあの時あの頃
がんばるぞ　きびしい日々が続く
絶望失望の電車はどこまで続く

誕生日まであと二日　七十五歳になる
よく生きてきた　力つきた
ハシ落とし気持ちも落とす　むなしさよ
高い空季節は進む病も進む
なんとむなしい日々
秋風が部屋の中をかけ抜ける　息を吸う
さびしげな夫の背中に　われ泣けり
向こう山　静かに秋の色に染む
今日の日も　主人に頼る　朝ごはん
真夜中に通る車の音　夜勤だった夫を待つ音もあった
そとは秋のそよ風　幸な風　私の部屋は　嵐の風
頭下げ　いねむり多しわが夫を見つめて　不安つのる
福祉より届く便りに　悲しさつのる

その昔　二人そろって早朝散歩　遠き思い出
一つ一つできなくなる毎日　笑進笑明の言葉知る
わがままを言う自分が悲しくて泣いている
小春日和だというのに　一歩も外に出られない
いただきもので　我が家の食卓はなやかに
あきらめてはいけない　命ある限り
絶好の行楽日和と　ラヂオで伝えている
朝ラヂオで　今日も一日おだやかでと言う

今日からは暗いことは書くまいと思って
現実のつらさにまける

何時　何が起きるかわからない体
もしもの時　千歳があわてないように
色々とそろえておく　悲しくて涙しながら

ありがとう　ありがとう　お父さん
主人が私の所にねる　苦しいけれど
そう長く一緒にいられないのだから　がまんする

やわらかき春の日ざし受けリハビリする
身も心もくたくたただ
今日もめちゃくちゃな一日　通じぬやりとり
きびしい　つらい　悲しい　くやしい一日
泣くまいと思っても涙ポロポロ

# 想い　二〇〇九年

## ――二〇〇九年――

### 一月一日

おだやかだが少し風ある
平成二十一年　いつまでこの家にいられるか
お父さんは早く起きて
正月様用に餅と酒を上げている
頭が下がる　お父さん今年もよろしく
身体に気をつけ一日でも長く
私の世話をおねがいします
私は相変らずわがまま　寝ていて
お父さんの話しかけに返事もできない
腰身体が痛くて
今日はヘルパーさんも来ないので

気がぬけてゆっくり起きた　やっとの思いで
お父さんががんばっているので
今日一日は泣くまいと思っていたが
朝からおぞうにもやっと　なんとか食べられた
お父さんは口の中は痛いし　手はガタガタふるえている
それを見ると　これから先が心配で心配でたまらない
十一時近くなって立ち　リハビリ少しやる
駅伝をみながら　ひる食はパンにする
年賀ハガキも少なくなった
私にはだれからもこない
三時頃千歳が色々持ってきてくれた　ありがたい
四時二十分頃帰る
私達そのまま夕食にする　七時半床に入る

一月十二日

こんなむごい病　おのれに　お父さんにまで　なんのばち当りか
お父さんもよく食べるが身体はぼろぼろ
なんの病か　着替をしている姿を見ると
足など細くなって木の枝のようだ
千歳はお父さんの病をかくしているのか
この間　通院した時は　先生が元気そうだねと云ったとか
正樹は姉ちゃんは　おやじのこと　あまりよくないと云ってたと
何か（ガン）でもあるのか　私より先に死ぬかもと思う
私もそうしたら死ぬ
身体に力がない　立てない　手もダメ
くやしい　くやしい　でも午前と午後リハビリする
なにもできない　リハビリのまねだけでもしなくては

お父さんもなにか私が云うと　わからないと云っておこる
私の云うことはわからないのはわかる
誰にも分らないのだから
でも　もう二人共　愛情はなくなった　現実がきびしすぎて
思えばもう長いとう病生活　よくがんばってきた
よくよくと自分でも思う　二年位でと思ったが月日はすぎた
もっともっと早く死ぬ人もいるのだから
もう少し暖かくなって死にたいと思う
みんなに迷惑をかけたくないが　こればかりはさけられない
子供達も続く　葬儀　人生一度は生きてる限り　みんな通る道
しっそでいい　身内だけ　坂戸のおとうさんのように
静かに送ってもらいたい
さようなら　すべて

一月二十六日

通じぬ夫　見れば見る影もなし　哀れ　あわれ　その姿
朝起きるのがつらい　身体がだるくて
お父さんは五時頃起き　朝食の支度をしているのに
私は六時やっと起きる
よい日が当ったのでヘルパーさんに布団を干してもらい
夕べお父さんが酒とお茶をいっぱいこぼし
コタツ布団もびしょびしょなので
お父さんにコタツ布団も干してもらう
少しリハビリして看護師さんにシャワーしてもらう
布団もコタツ布団も干しよかった　午後はくもってきた
三時になってから　やっと立ち
わずかしか動かぬ足でお勝手に行き　古くなった野菜など放り出す

今夜の肴にと　シメサバを冷凍庫から出し
座敷の方のお勝手に行き
ジュースの古いのを出したりする　何をやるのもたいへん
いつぜんぜんできなくなるかわからない
遅くなったけどリハビリする
主人は私が放り出した大根を煮た　私はシメサバをやっと切る
こんなこともできない　立っているのも大変　手に力がない
どうして私だけがこんな病気になってしまったのか
もう何年も　病とたたかっている
坂戸の方を向き千歳に
お母ちゃんがんばってるからねとさけんでいる
もう何年も　毎日毎日リハビリの時がんばってきた
こんなに生きられないと思ったのに

二月五日

道行く人　うらめしい
今日も一日どうなるか
世は春が近づいている
今日は暖かくなる予報だったが
午前中は今にも雪が降ってきそうな寒さ
リハビリする
午後は晴れてきた
マッサージが来るので支度する
お父さんに布団の用意をしてくれとたのんでも
すぐ忘れて散歩に行ってしまった
やっと杖を使って自分で用意する
責めても病気なのだから仕方ないと思うが

何事も話はめちゃくちゃ
悲しくなってしまう
どうしたことなんだろう　二人共
こんなことばかり書きたくないが
毎日毎日がつらい
私も声は出なくなる
すべてわるくなる
夕べむせて舌をかみ　たべづらい
良いことはひとつもない
お父さんも長くはないと思う
身体はおとろえ
手足は私の手足以上に氷のようにつめたい
異常だ

二月十二日

朝から大きな声を出し
お父さんをおこらせる
私のわがまま　泣く
思うようにならず　いらいら
わるいとわかっていても
お父さんもおれだって泣きたいよとゆっている
ほんとにわるい　こんな人生にしてしまって
みんな病気のため
病気がにくい
もっともっと老後はおだやかに
過したかったのに
今日もかこくな日が始まる

一日一日と思い　すごしている
男は強い　涙をみせないのだから
私は弱い女
私がわるい　私がわるい
お父さんは少しもわるいことはない
お父さんはかわいそうだ
気のどくだ　私がこんな女で
春はもうすぐそこに来ている
明日は話し合い
どうしようか
気持はきまっていない
家にいることは私のわがままなのだろうか

二月十三日

夕べはこいお茶を飲んだためか　なかなかねむれない
ねぐるしく苦しむ
思ひ出をたどってみた　お父さんとの思ひ出
今迄病気になる前は幸せだった
お父さんも大勢の人に好かれて人望もあった
私の生活も各地へマラソンで行き
花をめで　買って来ては家中を花でかざった
幸せな日々だった　人もうらやむくらい幸せだった
人生よい時もあれば　わるい時もある
私達はおそくなって　わるい時がきたのだと思う
ラヂオを一晩中きいている
八十七才の人のリクエスト

「明日はお立ちか」の歌に涙する　出征する子供の姿
母は台所の片すみで涙する姿をアナウンサーが報道していた
今日はみんなで話し合い
午後二時　看護師　大倉さん　元木さん　千歳　正樹と来て
話し合いをしたが　結局　現状いじ　きびしい
お父さんは今日のこともみんな忘れてる　千歳が来たことも
正樹が来てどこへいったんだいと云っている
夕食時も変だ　食べ方その他　いろいろ変だ
ねる頃になってキョロキョロして
パンを食べるかいと云っている
もう夕飯にすしをいっぱいたべたのだからと云っても
なに食べたか忘れてる
急に病が進んでる　これからどうなるのか

二月二十八日

二人共六時に起きる

ヘルパーさん　凍けつのため　十時とのこと

ゆっくりしている

手に力がなく　よく書けない

せんたく物が乾かないので

日が当るのを期待してたが

一日中くもり空

ヘルパーさん十時より来る　道路事情で

私は身体も気分もわるく

手足の病気の進行を感じ

さみしく悲しい一日だった

千歳がお父さんの誕生祝に

買ってきたケーキを
むなしい思いで食べる
二人共健康なら盛大に
七十七才の御祝ができるのに
マサエさんにも　おいしいおまんじゅうをもらう
今日は一日気分がわるく
異変を感じる
もう仕方ない　どうなるか
一日一日だ
寝てもくるしい
起きていてもたいへん
二月も終わった

三月一日

お父さん七十七才　誕生日
今日もよい日が当らず　寒い
ベランダ修理が来た
私はリハビリする
お父さんはマッチがないと云っておこってる
ライターがつけられない
困った　私も手に力なくダメ
字も一段とかけなくなる　身体も動かない
午後は四時までテレビを見て
椅子にいるのもつらい
動くのもつらいが立ってリハビリする
五時半になる

主人は日曜日で　笑点のあるのを今迄はたのしみにしていたが
テレビをかければと云っても笑点があるかも分らず
違うチャンネルを廻している
なにも分らなくなってしまった主人
なにもできなくなった私
主人は玄関のデンキも付けられない
昨日からつかない　つかないと云って考えがない
何事も考えられない人になってしまった
誕生日でも悲しいかな
おめでとうのことばはでなかった
三月　春はすぐそこ
ウグイスが上手に鳴いている
我が家の春はこない

三月十二日

トイレに行きたく五時前だけど起きた　なかなか立ち上れない
お父さんも起きて来た　四時四十分
部屋のデンキがつけられず　つけたり消したり
しばらくしている
今日もきびしい　めちゃくちゃな一日が始まる
風が少しあるがよく晴れている
千歳　正樹　お母さんは五年間もがんばって
がんばりがなかったら　こんなに生きられなかったと思う
毎日のリハビリ　坂戸　小川の方を向き
毎日がんばるぞとさけんできた
マッサージ四時半　五時半に終る
お父さんに終ったら起きられないから助けにきてと

前から頼んであるのに　わからず待っていてもこない
起きようと思っても起きられず　もがいても　もがいてもダメ
もう死んでしまった方がよいと思う
やっと来た　外で植木の下の仕事をしてたんだ
あそんでいたんじゃないと云ってる
時間も六時すぎているのに　どうかしている
ゴミ掃除だけしている
もうこの生活も終りと思う
毎日毎日この生活に身も心もつかれ果てた
千歳と正樹にどう伝えよう　もう少しがんばるか
夜はボクシング　カラオケをみる
家にいるから少しは気もまぎれてみられる
九時半床に入る

三月十五日
千歳が来てくれた
新しいノートになる　いつまで書けるか
今迄つまらないことばかり　書いてきた
書いても　なおるわけない
今日から　かんたんにその日のできごとを
かくことにしよう　守れるか？
お父さん五時十五分頃起きてきて
朝食の支度をしてくれたが
御飯は生　かたくて食べられなかった
良いお天気であたたかい
世はまさに春　花見の報道を耳に
ウグイスも鳴いている

毎日毎日一歩も外へ出られない　みんな歩いてる
二時すぎ千歳が来た
がまん　がまんしてきた気持がくずれる
心配かけてはと思うが
二人ともいつなにがあるかわからない
現実を知ってもらう
千歳しっかりしていてくれる
お父さんを風呂に入れたりした
もっともっと話したい
やってもらいたいこともあるが　時間がない
三時すぎ帰る
その後　相撲をみて夕食をした

三月二十日

声　手足と　不能となる
今日は朝起きるのが二人共六時になる
あせらない
なりゆきまかせに生きよう
もうなるようになるだけなのだから
お父さんは一生懸命に
朝食の支度をしていてくれる
不自由な身体でたいへんだ
感謝している
雨が降っている　彼岸の中日
生協にたのんだぼたもちを仏様に上げる
なにもしてやれない　お許し下さい

私の身体をなんとかして下さい
午前午後とリハビリするが
声は出なくなり
着替をしたいができない
タンスの引出しも引出せない
くやしい
今日もなんとか一日過ぎた
正樹に
お父さんが死んだら
ヒゲをそってきれいにしてもらいたい
千歳に
私が死んだら　化粧をして下さい

三月二十七日
今日もリハビリする
ダメと思ったら私はおしまいだ
歩きたい　階段を登りたい
動かぬ手足
今日は踊りの仲間　先生宅に集まり食事会
先生より寿し　ドーナツが届く
私も参加できたら　どんなに幸せだろう
くやしい　くやしい　病が
がんばるぞ　がんばるぞ
なん回さけんだろう
千歳　坂戸の方へ向いて
がんばるぞ　がんばるからねと

何千回さけんだろう
がんばっているから
今迄生きてこられたと思う
なん度ダメと思ったことか
体はつかれ
だるくて寝てようかと思ったが
寝ていてはと思い　毎日起きているが
起きていても身体はかたくなり苦しい
もういつまで　がんばれるか
よだれは出る
たべものもたべにくくなる
なにもできない　持てない

四月十日

朝から強い日ざしが部屋にさし込む
今日も暑くなるとの予報
今朝はお父さん遅く　六時に起きる
夕べ　日記　着替　あとかたづけをして
十一時近くねる
なにをやるのも時間がかかり　おそくなる私
九時に床に入ったがねむれない
ついお父さんに
なにをぐずぐずしているんだよと云ってしまう
今夜は満月だとテレビで云っていた
二階でお父さんと美しい満月をみたこともある
もう二度と二階へ上れない

二階で洗濯物　布団を干せたら　どんなに幸せか
庭へ出て花木の手入れ　よせ植えしたい
みんな　かなわぬ夢だ　よい季節なのに
畑へ行き　かきな　ニラ
裏山でみつばなど山菜がとりたい
みんな幸をうばってしまった
病がにくい
千歳　正樹に泣き顔でなく　笑顔が見せたい
くやしくて　くやしくて
朝から顔は涙　鼻水　よだれで　くしゃくしゃだ
お父さんに涙をみせたくない
一生懸命　食事の支度をしているのだから

四月十五日
四時半に起き
やっとの思いでズボンをはく
お父さんも五時すぎ起きてきた
あれほど　朝は御飯は
たかなくていいと云ったのにたく
パン　みそ汁で朝食
正樹の来るのを待つ
車の乗り下りがたいへん
正樹でなくてはできない
私は十一時終ったが
お父さんのことが心配でみてもらう
初診なので正樹が手続きやら

たいへんだった
整形でレントゲン取った
今の所　骨は大丈夫とのこと
安心した
おひるも食べず　おそくなる
家に四時
正樹は荷物を下し
整理して五時近く帰る
私を下すのにたいへんだった
今日は正樹に
たいへん　せわになった

四月十七日
手に力がなく
字をかくのもたいへんだ
今日は雨とのこと
いつもより寒い
リハビリは少ししてシャワーする
午後リハビリする
リハビリをがんばってやってきたので
ここまで生きてきた
もう何年だろう
五年たつのかな
私のリハビリ
口の運動　声を出しアイウエオ

首を廻す
住所　氏名　名前　今日のことを云う
がんばるぞとさけぶ
千歳の方角をむいてもさけぶ
手足を動かし体操する
ねころんでも体を動かす
起き上るのにたいへんだが
あんまきにかかる
毎日やってきたが
もうできなくなる
いつまでか
生きていられるのは

四月二十三日

複雑な思いが
めぐり　めぐった　一日だった
夕べは　すべて終りにすることを考えてた
大倉さんに千歳が話しても
みんなかなわぬことだから
今日もよい天気だが
私には一日一日
どう過せるかの戦いが始まる
午前中えんがわでリハビリしてた
お父さんの行動　見ていて泣けてきた
ノコギリを持ってきて
又もったいないと思うような

庭の植木を切っている
おひる食べ一時になると
お茶のきゅうすをかたづけようとする
私はたべるのに時間がかかり
まだ私はお茶を飲んでいないよと云ったら
わるかったねと云って出ていってしまった
お父さんもなにをするかわからない
もしなにかあったら
私も覚悟はできている
又ノコギリで植木を切っている
秋には紅葉してきれいなのに
二人共　紅葉もみられるか
わからないのだから

前の山も　この間までかれ木だったが
移り行く景色
みどりがきれい
わずかしかないみどりを
縁側で　ふくざつな思いでみている
かつてはお父さんと
四月二十八日には塩原に行き
塩原の新りょくを二人してまんきつしたのに
すぎ去りし昔をしみじみ思う
二人共　元気だった
私が加須まで運転し
高速はお父さんだった
今は明日もわからない身体

なつかしく思う
佐野インターの
しばふの上でおべんとうたべて
景色をながめながら
帰りは牧場でアイスを食べ
みやげを買い
羽生ではうどん　ラーメンを食べた
合津屋のろてん風呂も忘れられない
お父さんがマラソンしている間
風呂に一人入り
桜の花びらが舞込んできた
なつかしい思い出だ

五月一日

朝から　お父さん目が見えないと云う
目が見えなくなってしまったら困ると思い
どうしたらよいかと悲しみ泣く
風かほる五月と云うのに
今日もよい天気になりそうだが
二人の今日一日はどうなるか分らない
おとろえてゆくお父さん
いたわってやれない私
言葉だけでもと思っても　私は話せない
話しても通じない　なんと云う人生
じごくが私達に
でも少しでも長く生きる希望はある　長くないと思うが

お父さんの体　たいへんそうだ
休んでいるようにゆっても　外へ出て枝切りをしている
手の人指しゆびの先がまっかになっている
午後リハビリしてたら　水谷さんが
デコポン一箱もって来てくれた
若くきれいでうらやましい
私も丈夫なら
みんなに年より若く見えるとゆわれたのに
今の姿は頭はしらが　よだれは出る　首は前に
みられた姿でない　あわれ　そのものだ
神様は私達になぜ　なぜ　このような
うらめしい　くやしい　神も仏もない
お父さんは神社にもあんなに奉ししたのに

五月六日
連休も今日で終る
私達には関係ない
お父さんもさみしかろう
毎日毎日こんな私とのくらし
申しわけないと思う
夢も希望もない
久し振りにシャワーしてもらい　さっぱりした
ひる食後
コタツ台　移動してもらいたい
と書いて渡したら
おらあ馬鹿で見ても分らないからと云って見ない
私はお父さんにたのんでも

してもらえないのなら
もう死ぬしかないと思った
ほんとにシャワーしてもらい　きれいになったから
薬をのんで死のうかと思ったが
思いなおし　心を鬼にしてリハビリした
色々とできなくなる
このままでは　いつか決断せねばと思う
毎日きびしい日が続く
千歳　お母ちゃんは　ちからつきたよぉとさけぶ
立てない　歩けない
字もかけない　ハシも使えない
たべにくい　声は出ない　よだれは出る
首も前にたおれてきた　重い

五月三十一日
五月も終る
今日もなにが起るか
千歳は来てくれるが
どうしようが
弱音をはこうが
つよくいようが
その時によって
心はくずれてしまう
病はようしゃなく進む
手が　うでが開かずせまくなり
顔も洗えず　なにもできない
もう時期が来たのだから

いつお別れしようか考えてる
千歳　正樹に伝えようか
つたえまいか
千歳　二時頃来た
わるいねと伝えたくても
伝えられない
わるいと思いつつ
こらえていた涙だ
泣いてしまう
なにかとして三時半頃
マサエさん宅に御礼を届け帰る
千歳が来ると少しは気持が落着く
今日も身体きびしく　つらい

六月十日
四時起きる
身体は動かない
通院むりだろう
お父さん五時すぎ
なにをしてよいか分らないと云って
先ずヒゲソリをしてる
私がひとつひとつ云わないとできない
お湯をわかして
バナナを取って
ヨーグルト　みそ汁があるから
おわんを持って来て
と云わないと進まない

正樹九時前に来て
動かぬ私を抱きかかえて車にのせ
M病院につれて行く
正樹でなくてはできない
ベルクでの買物もできたが　たいへんだ
二時帰り
正樹と主人はひる食もとらず
T歯科に行く
三時五十分頃帰って来て
居間にお茶をいっぱいこぼしたのをはき
ジュータンを上げてかたづける
なかやの姉がせんべいなど持って来てくれた
正樹五時すぎ帰る

六月十八日

今日もきびしい一日が始まる　気は重い
保健所から書類が届いたが　こんな書類は出したくない
どうして私が出すようになってしまったのか　くやしい
私は書くことも出すこともできない
こんなめんどうなこと　千歳にたのまなければ
千歳も自分達のことでたいへんなのに
頭がこんらんするだろう　めいわくをかけたくない
めいわくをかけない方法を考えなくては
お父さんも　目も見えなくなり　たいへんなのに
ひとつひとつ　食事の支度をしてくれてる
ありがとうお父さん
めいわくをかけどおしで終ってしまう

又泣いてお父さんをくるしめる　悲しませる
顔には出さない　お父さんもやっぱり男なんだと思う
私は弱い女　泣いてストレスをかいしょうしている　もうだめだ
ヘルパーさんが居間を掃除してくれるので
いつもは外へ出ているのだけれど
動けないので居間にいる
歩けない　トイレをするのにやっと　なにもできなくなる
終った　午後はマッサージが来るのでやっと座敷に行く
終っても歩けないので
車椅子をとたのんでも動かすことできないお父さん
なん回おしえてもだめ
なさけなくて　なさけなくて
二人共もう生きていられない

六月十九日

五時前に起きる　今日は晴れそうだ
お父さんと二階で寝たい
もう二度と二階には上れない　二階で色々したい
植木はみんなダメになってしまったのだろう
夏は窓を開け涼しい風を入れてねたい
みんなかなわぬこと　こんな運命になって
お父さんは朝お茶を入れないで　さ湯をのんでいても気づかない
私ももうどうでもよい　だまってる
くやしい　くやしい　くやしい　くやしい
足が動かない　手もきかない
くやしい　くやしい
歩きたい　色々したい　できない

くやしい　くやしい

七月二日
手もわるくなる　リハビリする気もない　むなしい生活
もう買物に行くこともない　行きたい
旅行にも行きたい　二階にも
畑にゴーヤ　ツルムラサキ　インゲン
色々と食べきれないほど作った
今はなにもない
花もサルスベリも　しゅうかいどうも
お父さんがみんな　みんな切ってしまった
花花花で庭を明るくしたいが　今はさみしく棒が立っているだけ

七月十二日
大希に作ってやれない悲しさ
おばあちゃんのカレーはおいしいと云って食べたのに
正樹が七時三十分頃来て
河川清掃に出役する
お父さんも忘れてはいない
長い鎌をよういしていた
お父さん　米を買いにいく
パン　せんべいをかってきて
ヘルパーにニコやる
正樹は十時半頃終る　帰ってきてから
居間の敷物をとりかえたり　色々していた
十二時すぎ大希と千歳がきて話す

私の今後について
私は子供にめいわくをかけたくないと思う
正樹は十二時半ころ帰る
千歳もやすむ間もなく　なにかとして帰る
今日は二人来てよかった　三時頃帰る
私はトイレをして相撲を見る
お父さんは相撲をみるようにゆったけど
外へ出て枝切りをしている
久し振りに風呂に入る
千歳が云うと　すなおに入る
大希ひる食にカレー
私の手作りたべさせてあげたい
おばあちゃんのカレー

## 「決　断」

八月一日
八月に入る
一日一日の勝負だ
おひるに大希と千歳が来た
大希も大きくなり
色々のものまねをしてみせる
身長ものび　しょうらいを見たいが
かなえられない　さみしさ
千歳も　もう五十一才　身体が心配
介護休かをとるとゆうが
これ以上めいわくかけたくない

私は決だんした
入院することがいちばんだとおもう
ながらえた命　きめなくては
涙はとめどなく出る
お父さんにつげる
一日おなかのこと心配だった
夕食にパン一コ　おかずをたべる
たべてもやせてきた
太ももも　しわだらけになり
体力もなし　なにをするのもたいへん
する気も出ない
ハガキ出したいがかけない
九時床につく　十二時トイレ

八月二日
心にきまりつく
千歳と正樹につげよう
残された命　大切に
この世との別れ
いつかは　だれにも来る
午前中　少しベッドに入る
首が痛く　起きているのが苦痛
午後　起きていたが
やっぱりくるしい
早くねよう
雨が一日降っていて寒い
この身体では

どこにいようが治ることなし
苦しむだけ
どこの家でもめぐりくる事
後のことはなるようになる
千歳も正樹も年令もいっている
なにが起るか分らない
頼ってばかりいられない
私は千歳の年令には第一線を引退し
気楽にしていたのだから
今迄幸せだったのだから
七十五才　悔いなし
夕食パン一枚　牛乳　あんぱん半分
八時床につき　トイレ十時　十二時　二時

🌱八月十日

地震もあり　各地で大雨
なんか不吉な予感する
今日もなんとか起き　朝食とる
首　頭ががくんと前にたおれる
今日も一歩も外へ出られない
部屋の中　考える
指は使えなくなる
千歳も正樹も
変りゆく母の姿をみるのはつらいだろう
お盆がすごせるか
暑さもこれから
良い季節までまてないだろう

このきびしい毎日
床に入ると　うとうとねてしまう
目も開けていられない
今日も便が出る
毎朝お父さんに捨ててもらう
もんくもゆわず
ほんとにわるいと思う
そのお父さんに
なにかたのんでも
できないので大きな声で
おこってしまう
私は馬鹿だ

八月十八日
午後は暑くなる
部屋にいてはストレスがたまるので
お父さんにたのんで　デンワの所まで歩いて行き
そこから車椅子でえんがわで外を見て風を吸う
自分で外へ出たい
裏山も見る　裏山に登り山菜をとりたい
もうかなわぬ夢
二時～三時　一時間部屋に戻る
又くるしい時間をすごす
お父さん　千歳　正樹　長い間　心配をかけ
苦労をかけた　こんなにみんなに
なんとあやまっていいいか　わからない

ほんとはやさしいお父さんなのに変らせてしまった
千歳は千歳なりによくやってくれた
たのもしかった　安心していられた
正樹は通院の時　たいへんだったろうが
最後までつれて行き　トイレの世話から
みんなしてくれた　やさしかった
不幸者の私を許して下さい
お母さんはみんなの幸せを祈っているからね
さようなら　近所の人にもよろしく
なかやの姉さん　マサエさん
どんなにどんなに世話になったたか
ありがとう　ごめんなさい
みんなに出会えた人生　私は幸せでした

八月二十四日

夕べは同級生が動かぬ私に
介護シャワーをしてくれた夢をみた
その後　私は動けるようになり　なにかをしていた
みんなが遠くの方で治ったんだとゆっている夢だったが
現実にもどる
遅いひる食をしていたら　突然　千歳が来て
K病院に　今週中に私が入院できるとのこと
気持はおだやかでないが仕方ないと思う
薬をいく前にのみ死んでしまおうかと思ったが
心を変え　最後まで命ある限りと思った　生きる
日記を書いていたら　シズちゃんと博子がパンもって来た
そのこと話すとさみしい　さみしいと云う

私もさみしいが泣かずに応対した　マッサージも来た
夜　千歳から連絡くる
私二十八日入院　父さん二十九日入所
いよいよ長く住みなれた　我が家ともおわかれだ
千歳がはじめて涙をみせた
私に伝えるのにくるしかったろう
ごめんね　いやな思いをさせて
みんな　みんな　してくれる
いろいろと自分の家族のこともあるのに
私もしっかりしなくてはと思うが泣いてしまう
タオル二枚びっしょりになる
覚悟してるのに泣くだけ泣いて
お父さんにもかいて伝える

八月二十五日

時間がせまってくる
しっかりしよう　しっかりしなくては
もっと　もっと　命を早く終らせる人もいるのだから
よく五年間もがんばったと思う
できることはした
必死でおそわったリハビリ　すべてやった
夕べは迷う　迷う
生きていても　くるしむだけ　薬をのみ終りにしようか
千歳が色々手続きしてくれているのだから
千歳が良いと思うようにしなくてはと考える
どちらがよいか　男は男だ
お父さんもつらく悲しく苦しいだろうが

しっかりしている　涙ひとつ見せず
私は弱い女　泣いてばかり
長い間そんな私をささえてきてくれた
お父さんに感謝しなくては　ありがとう　ごめんね
二人の朝食もあと三日だ
お父さんはなにをしてよいか　手順が分らず迷ってる
こんな生活はつづけられるわけない
あきらめなければ
外はもう秋　秋の風を思いきり吸い　歩きたい
遠い昔　五時に起き　二人で歩いた時代もあった
幸せだった
この家のすべてのものにお別れだ
もう帰る家はない

さみしい　悲しい　座敷を歩きたい
きれいな座敷で自由になれたのに
なぜ神はいたずらするのだろう　神をうらむ
時はすぎゆく
大好きだったヘルパーの元木さんとも別れの時がきた
しばらく身をさすり　なだめてくれた
みんなありがとう　一期一会みんな去ってゆく
さびしいものだ
千歳が九時半来て　父を病院につれて行く
十二時帰って来た　食事もそこそこに
ＪＡ　生協　新聞　牛乳屋　訪問看護とのＴＥＬ連絡
その後は私の入院の支度
私を車椅子で座敷までつれて行き

四時近くまで動く　又隣り　なかやと話して帰る
千歳の身も心配だ　毎日毎日　心労だろう
私はこんなにめいわくかけ　心は痛む
早く安定した日々にならなければと思うが
まだまだ続くだろう
四時すぎたので夕食にする
テレビもつけず　会話もできない　紙に書いて
お父さん　いままでありがとう　あと三日だね
お父さんもがんばってねと書いて渡す
私は又泣いてしまう
今日は一日起きていたので
時間はおしいが　ねることにしよう
急に力がなくなった　どうしよう

八月二十六日

なにかせまってくるものがある
前の山の姿も　前の道路も　お別れだ
千歳　昨日　となりに話しに行った時
泣いていた様子　かわいそうな千歳
気じょうな子なのに
つらい思いをさせて　わるい
今日一日を大切にすごそう
千歳が用意してたヨーグルトのおさじも
使いきれずにお別れだ
お父さん新聞をとりに行った
ないと云う
もうこないと話す

わが家の新聞は昨日止まる
さみしいものだ
お父さんは　よくがんばった
私がやるべきお勝手のこと
今日もきれいにテーブルをふき
ゴミをかたづける
植木は切ってしまったけど
家のまわりの草を刈り
暑いのによくがんばってくれた
それを私はおこってばかりいた　反省
お父さん　これからはもう
家のこと考えてもしょうがない
ゆっくり施設に行って　身を休め

新しい友達を作り
マラソンの話などして下さい
外からは涼しい風が入ってくる
季節は流れ　人も流れていく
もう私も新聞も見ることもなく
テレビもつけず　時を過す
十時頃シャワーしてもらおうと思っていたら
正樹が来た
この家でのシャワーも
これが最後だと思うと
風呂場からも去りがたい
鼻歌を歌って入ったこともあった
出てきて　正樹が髪をドライヤーで乾かし

くつ下　化粧水もつけてくれる
車椅子で座敷　ローカと二廻りする
おひるの支度もして
私はあまえて
おかずも　みんな茶わんに入れてもらう
お金には苦労させられたが
やさしいところはある
にくめない　わが子
十二時四十五分　午後　仕事で帰る
お父さんは今日も
植木の下にもぐってゴミだらけ
正樹にゆわれて全部とりかえる
風呂には入らない

ヘルパーもあと一日で来ない
掃除せんたくもしてもらえない
みんなよくやってくれた
わが家はこれからどうなるのだろう
考えてもどうにもならない
私も今迄がんばってきた
力つきた
健康なら　もう考えまい　なるようになる
前に進む　結果はどうなろうとも
ヘルパーさんも気持よく家にきてくれた
市内の家を廻るより
小林さんの所へは美しい山花を見ながら来て
気持よく旅行気分で来たと云ってくれた

夏は水はつめたいし　空気もよかったと
あと一日でこの帳面ともお別れだ
思ったこと　きいたこと
記しておこう
お父さんはねている
かわいそうな
どんな気持でいるのか　語らぬお父さん
心の中は複雑であろうが
それとも病気のためと思うことがある
なにも考えないのか
ヘルパーさん仕事もしやすかったとゆってくれた
大勢の人の世話になった
ありがとう　ごめんなさい

八月二十七日
父　風呂
見知らぬ土地へ　病院へ
なんて神様は
お父さんとも別れ
もうお父さんは
別れる感情もないと思う
最後は人間みな　そんなものかも
こくこくと時間はすぎゆく
ヘルパーの松島さんとも涙涙で別れる
去りゆく人
さみしい別れ
やさしいことばを残して

千歳が来たら
泣いてはいけないと思うが
くずれるだろう
許して
お父さんは暑いのに外へ出たきり
おひるになっても入ってこない
遊んでたんじゃないとゆってる
もう家の中にいればいいのに
千歳が来ないのでＴＥＬする
役場によって手続き
わるいと思う
千歳もたいへんだ　みんなする
お父さんのもちものそろえたり

なかやの姉とユキちゃんが来てくれたが
千歳もいろいろしたいことがあったり
早く帰ってもらう
千歳　M病院によるので四時帰る
今日もあわただしく終った
最後だ
ベッドも電動椅子も杖もない
もう帰る所はない
私の帰るところはない
なんとさみしいのだろう
覚悟はしているのに
最後の夜だから
一日起きていて心労もある

ねよう
七十五才十一ヶ月
この家の生活ありがとう
幸せでした
お父さん　千歳　正樹
ほんとうにありがとう
心配を長い間かけてごめんね
お母さんはみんなに
手続きやら　みんなしてもらい
安心して病院に行けます
がんばれるだけ　がんばるから
今迄もがんばってきたのだから

## 八月二十八日

この家で最後の朝が
新聞配達の車もわが家を通りすぎてゆく
夕べは電動椅子から立ち上れず　何度なんどもなん十回
やっと立つことができ　ねることができた
こんな状態では　もう一日も家にいることはできなかった
今日の日を迎えて良かったと思い　行こう
四時半起きる　お父さんは今朝も新聞をとりに行く
かわいそうなお父さん
感情のなくなってしまった　お父さん残し
あと数時間たらず　この家を去っていく
すべてのものにお別れをして
さようなら　さようなら

さみしいけれど　長い間ありがとうございました
千歳　正樹　この家のことはもう無理しなくも
自分達の生活を守って下さい
身体に気をつけてね
お母さんは二人の幸せを祈っているから
ありがとう　ありがとう　ごめんなさい
お父さんは最後まで　なんの言葉もなかった
おこっている
私がお父さんもがんばってねとゆっても
そうなってしまった
お父さん　さようなら
みんな私がわるかった
最後まで　今日私を迎えにくることもわからなかった

わが家で最後の朝を迎えた
いつものように朝食とる
ヘルパーさん来て着替え
千歳　和男さんが来るのを待っていた
なかやの姉も来てくれた
K病院より九時三十分迎え来る
千歳の計らいで運転手にたのみ
*中耕地一周する
踊りに何十年も通った先生宅により　最後の別れ
みんなが来てくれて
大倉さん　なかやの姉　坂西さんが見送ってくれ
最後の地を去る

主人はもう　なんの感情もなく
語らず無表情だった
病院につき　色々と検査をして病室へ
個室だがベッドがせまく　なやむ
正樹も来た　色々と手続きで二時ごろ
和男さん　正樹　千歳
つかれたろう　みんな
千歳は心労のためか顔色わるい　心配だ
正樹も　私がわがままゆって困らせるので
私をさとし　涙声だった
私はどうしたらよいのか
明日はお父さんの入所
又二人　千歳　正樹　たいへんだろう

お父さんのこと落ち着いたら　時期をみて考えよう
もう生きていては子供にくろうかけるだけ
おひるも食べず　みんなつかれたろう
帰ってもらう
午後はナース室で雑談したり
認知症の検査をして
車椅子で院内を廻ったりし　時を過ごす
夕食はいままでの食事とがらりと変り　なさけなく
とらない　部屋にもどりねる

＊中耕地＝住んでいた家の周辺

八月三十日
夕べは野球をラヂオできさながら九時すぎまで

ナースコールは三回だと思う
体位の関係で楽にねることができる
ベッドがもう少し広ければ
自分でもねがえりがうてるのに
がまん　がまん　云っても仕方ないこと
一晩中ラヂオをきく
朝方四時より五木寛之のラヂオ千夜一話をきこうと
楽しみにしていたが
その時ねむってしまい　終りの方しかきけなかった
私はラヂオがゆいいつの友
ラヂオなしでは生きられない
夕べはとなりのおばさんが　きのこを持ってきてくれた
又少したってユキちゃんももってきてくれた夢を見る

五時すぎ起きトイレ
机に向い日記を書く　家にいた時のこと思い出し乍ら
私が起きていると
お父さんが静かに二階から下りてきて
朝食の支度をしてくれた
たいへんだったろう
今日はお父さんも新しい生活
どうすごしているか？
むし暑い朝だ
字もいつまでかけるか　手に力なし
決断の時もきた　少し用意する　手も動かなくなる
なにもできなくなったらこまる

八月三十一日
夕べは体位が思わしくなく
一晩中もがいていた
朝五時になるのを待っていたが
いつものように車椅子を
机の前につけてもらえず
日記もかけない
たのしみにしていたのに
思うことときいてもらえない所には
もういられない
もうなにもいい
病院にきて　がんばろうと思っていた
昨日　日曜日の一日は

テレビを見て快てきに朝からすごせたが
今日は朝から最悪だ　もう生きていられない
昨日一日が心地よかったから　よいと思って
これ以上　千歳　正樹に心配かけたくないから
お別れを考える
今日の日が早くきてしまったけど
ごめんね　さようなら
日記もかかせてもらえない　たのしみもないし
もう今朝は朝食もとらない
先生にお願いして治療のしょちは
とらないようにおねがいしてね　千歳
最後までわがままだった私を許してね　千歳

千歳達がもっともよいところだと
えらんでくれたけどダメだった
でもありがとう　ごめんなさい
正樹にもよろしく
お父さんのことも色々かきたいことあるけど
さようなら
みんな　みんな　手続きやら入院の支度やら
たいへんだったろうが　最後の時が来た
千歳　この病院は私には合わなかった
今日は台風が来る
私のことでたいへんなことになると思うけど
ごめんね

## 「願い」

🌱九月四日
H医療センター退院の朝を迎える
千歳八時三十分頃来て
色々手続きをして
九時三十分頃　K病院に出発　十時半着く
みなさん　やさしく迎えてくれた
ホッとした
長い時間　車に乗ってつかれたと思ったが
それほどつかれなかった
間もなく　ひる食になる
色々ときかれたが

まだ落ちつかず　わからない
ひる食は部屋でとる　千歳もいた
千歳は午後仕事　十二時五十分頃帰る
私はラヂオを聞き乍ら
ベッドに四時半頃まで
その後車椅子に乗せてもらい　受付の所にいく
体重測定にも行く　四十二・八キロしかない
さみしい　その昔は六十キロ近くあったのに
夜ラヂオを聞き　ねる
字がかけなくなる　ふらついて
このノートもいつまでかけるか

九月六日

トイレ　AM六時　十時　PM一時

　　二時　二時四十五分　九時　二時

六時十分前トイレに起き

日記をかく

今日も暑くなりそうだ

今日は大希が来ると思う

病院ではなく西野で迎えてやりたかった

九才の誕生日を

朝食後十時まで横になる

トイレ　便も出てすっきりした

ラコール*を飲む

日記をかく

外は良い天気　青空　白い雲が浮んでる
鳥もいきおいよく舞っている
私はどうしてとべないし歩けない
命を終りにしたかったのに
生きてしまった
又たたかいが始まる
子供達にも長く　めいわくかける
でも命があったのだから
K病院でがんばれるだけ　がんばる
食事も一生懸命
ラコール　笑顔倶楽部ものんでいる
命ある限り
千歳の家族の生活もくるわせてしまった

大希もお母さんが
私のこと　おじいちゃんのことでとび廻っているので
かわいそうだ
午後はテレビを見ていたが　心はみだれる
午前中　思っていたことは変り　弱くなり
一日も早く死にたい
この生活にたえられなくなる
薬を飲んで死にたかった
死にたい　死にたい
大希が来た時に涙を見せぬよう
がんばらなければ
千歳の家族と正樹が　同時間二時頃来た
公園にみんな散歩に行く　幸せだった

大希のコマ廻しを見たり　五時頃帰る
さみしくなる
十三日の御祝に行くこと約束する
お父さんも待っているとのこと
会ったら泣いてしまうだろうと心配
今日は泣かずにみんなにあえてよかった
笑点を見て　夕食に行ったら
みんな来てたべていた
家にいる時は二時間もかけて
きままにしていたが
みんな終って一人になる
ゆっくり食べていられない

＊ラコール＝経腸栄養剤

九月七日

トイレ　ＡＭ六時　十時　十二時

　ＰＭ二時　五時　七時　三時　計七回

いつまで字をかけるか不安だ

よいお天気だ　家にいられたら　どんなに幸せか

十三日に行くことも不安になる　トイレ　食事のことも

お父さんは私のこと忘れてしまったのかと思った

私が入院する前には　私のそん在を意識せず

あと一日だとゆうのに　そばにいてくれず

外へ出てしまい　ごみだらけで遅くまで枝切りをしていた

もうなんの感情もないと思い　別れてきたのに

今日はどんな日になるか　がんばろう

月曜日で看護師さんも多いだろう　安心だ

十時トイレ　ラコールのむ
九年前　大希誕生うれしかった　幸せだった
今はこの身　なにひとつ自分ではできない　つらさ　くるしさ
でもK病院で私の思うことをきいてくれてありがたい
私は字をかくこと　ラヂオ　テレビを見ることだけが
心の支えだ　その字もかけなくなる
今日は寝ていてもあつくてつらい　風呂に入りたい
二時頃むかえがきて入る
髪　身体を洗ってもらい　久し振りに湯舟に入ったが
廻りの人を見て失望する　骨と皮ばかりになっても生かされている
未来の私の姿だと思うと　ぞっとする
千歳　頼む　私は治療はしないで　家で終らせてくれ

❦九月十三日
トイレ　ＡＭ六時　九時　外二回
　ＰＭ四時三十分　八時三十分　二時　計七回
わが家では庭先にききょうの花が咲いた
お父さんと塩原で買ってきた
思い出記念の花だったが
お父さんもボケてしまい
みんな刈りとってしまい
わが家は花はない
丈夫な頃は花にかこまれ　すごしていた
道ばたに
お好きな方はおもち帰り下さいと
かいておいた時もあった家

今は主のいない家になる
今日は五時半に起きトイレ　日記を書く
お父さんの所へ行く
今日一日どうすごせるか心配だ
九時千歳の家族来て出発
よく晴れていて　まわりの景色よく気持よい
十時頃着く　お父さん　家にいた時とちがって
すっきりとしていて支度をして待っていた
男だからか　わからない
感情は表わさない　私は泣いてしまう
記念式典始まる　あいさつが長かった
大希（三年生の子供）こんな場所につれてきてしまい
かわいそうだ

喜寿の表彰
一番はじめ花束などいただき
下る時
ちゃんと前　左　右とおじぎしてさがる
しっかりしていた
ビオラのえんそうをきき
ロビーで家族六人で食事
お父さんにはりっぱな祝ぜん
私達も千歳が赤飯など色々と
支度してきてくれた食事を
ふる里　堂平山　天文台　笠山をみながら
ロビーでゆっくりたべる
最高だった

二時すぎに和男　大希帰る
おじいちゃん　おばあちゃん　さようならとゆって
その後　少しでも長くお父さんといる時間と
千歳と正樹は残り
親子四人で外に出て散歩した
秋の味覚　栗　柿などみのっている
三時半お父さんとお別れ
四時二十分　K病院に着く
子供達には　今日一日一緒だったので
すぐ帰ってもらう
私は又きびしい現実がはじまる
相撲をみながら夕食を待つ
今日はよかった

🌱九月二十二日

トイレ　AM六時三十分　八時　十一時　PM一時四十分
　五時　九時　四時　計七回　ベン一回

今日は私の七十六才の誕生日

ケアーワーカーの男の人から　おめでとうとかいたメッセージある

朝ゆっくりと六時三十分起きる

今日はお父さんが来る　どんな様子か

夕べはお父さんと物置の二階の窓をみんな開け

よいお天気だから　夕方まであけておこうと話している夢

その他いろいろの夢をみたが　なんだかまとまらない

八時三十分頃トイレして　うとうとねむって　十時頃まで

十時半ラコールのむ　新聞をみて　ひる食

ねて　千歳と父さんの来るのを待っていた

二時近く二人で来た　お父さんもしっかりしていて
三人で落ちついて話しをできた
三時になり外の玄関先のベンチでケーキを食べる
千歳が西野の水を持ってきた
モンブランを半分いただき　水をのむ　おいしかった
車椅子をお父さんが押し庭を一周する
部屋に戻り　大希の運動会の写真をみたり
二人で誕生祝の写真を千歳が撮る
お父さんも　おれもがんばるからがんばれ
と云って四時五十分帰る　今日はよかった
お父さんもこの前の時より　しっかりと歩き
頭もわるくなっていなかった
今日は大勢の人に誕生日おめでとうと云ってもらった

🌱九月二十八日
体重計る　四十一・七キロ
　トイレ　AM六時四十分　十時二十分　PM二時
　　三時三十分　五時三十分　九時　二時三十分　計七回
六時三十五分ナースコールする
わが家をはなれて一ヶ月　色々なことがあった
命をたとうと思い　くすりをのんだが死ねなかった
子供達にめいわくかけただけだった　終りにしなければ
こんなにいつまで分らず　世話になり心配かける
お父さんもIケアセンターに入所
わが家は人のいない家になる　さみしいものだ
十三日には七十七才の御祝に
家族六人でお父さんの所に行き

写真をとったり食事する
二十二日は私の誕生日
千歳がお父さんをつれてきて　三人で静かに御祝をした
昨日は正樹も来てゆっくりいた
つめも切ってもらった
子供二人いるから私達は幸せなのだと思う
十時二十分までうつらうつら
十時三十分より大山さんのリハビリ
外にも出る
私も頭がおかしくなり　字も忘れる
家にいる時に来ていたヘルパーさんの名前も
一番多く来ていた人の名前も思い出せない

新涼の起きて記する文ひとつ
赤とんぼ　みんな母を探すごと
病室の一人窓辺に雲の峰
海亀は海に戻りぬ海側へ
秋冷を肩を並べて峰あおぐ
ふっくらと　ききょうの花が五つ
しみじみと人の情　身にしみる
心の力　いつまで根気
良い天気　白い雲青い空が　うらめしい

十月四日

トイレ　六時三十分　九時三十分　十一時十五分　ＰＭ二時
　四時　七時三十分　九時　夜中一時三十分　計八回
今日は六時二十分起きる
正樹の誕生日だ　四十九才になる
思い出す　小さい部屋で　未熟児だ　二千四百六十グラム
家計も苦しい時代だった　出産費三千円
思い出す　北海道旅行に行った日　昭和六十二年
主人　私　千歳と三人で楽しかった
家を新築中だった
帰って来たら　外装もぬられ　きれいになっていた
その後　北海道でいも掘り体験したいも　十五キロが届いた
幸せの日々だった　みんなすぎ去りし日々

十月五日
トイレ　便出る　AM六時三十分　十時　十一時三十分
　PM一時十五分　二時　三時三十分　四時四十分
　　七時　八時　夜中四時　計十回
六時半まで寝ていた　なんのたのしみもない
山崎さんが来ると笑ってしまう
なぜか心はさみしく悲しいのに
この間みんなが山崎さんの事　話題にしたからか
どうしてパンチパーマにしているのかとゆって
私がその事思い出すと笑ってしまう
気にしてる　あまり笑うと失礼と思う
夕べは二時頃に目がさめ　ラヂオで歌を聞いた
三橋美智也のリンゴ村からなど

十時ラコールをのむ　便も出た
大山さんのリハビリに行く
外へ少し行く　十一時十五分まで
午後は風呂　新聞をみる　おやつ
度々トイレに行きたくなる
ねて新潟国体バドミントンを見ている
夜もテレビもラヂオも良いのがない
たいくつして八時に起き　泣いていたら
高田さんが私のおつき合いをしてとゆって
全室消灯に行く　気をまぎらせてくれた
外の患者さんは静かにしていた
私は弱い女　泣き虫
夜勤の人三人位ですべてのこと　忙しそうにしている

十月十日
トイレ　ＡＭ六時三十分　九時三十分　ＰＭ一時三十分
　三時三十分　六時三十分　九時　十二時　二時　計八回
今日から三連休だが
私にはなにもすることはない
苦しい病とたたかい泣いているだけ
泣き顔を見せるだけだから
だれも来なくてもよい
みんなを困らせ心配させるだけ
朝からパジャマの前は
涙と鼻水でびっしょりだ
午前中は新聞をみて　ねている
ひる食をして一時半までねていた

暑くなり　くるしくて　くるしくて
生き地ごくだ
早く死にたいが死ねない
いつまで続くのか
助けて下さい神様
一時三十分すぎ
車椅子に乗ってローカに出ていた
千歳と大希が来た
大希も背が伸び
お母さんに間もなく追いつきそうだ
つり道具を持って来て
イクラだよ　人間はたべられないと話す
そのうち　お父さんと正樹も

下に来てるとゆう
下へ行き　みんなで公園に行く
大希はつりをするが
つれなかった
私達は見ていた
普通に歩けて私もと思う
お父さんもあまり変らず
元気で歩いて私の車椅子を押してくれた
千歳達は大希のスイミングがあるとゆって
三時半帰る
正樹とお父さんと部屋にいる
おやつをお父さんと正樹の分も
高田さんがお茶も持ってきてくれた

お父さんは帰ることばかり気にしている
四時になったので帰る
私はベッドに上がり
戸口さんのリハビリを待つ
少し背中をマッサージをし
言葉の練習を少しやる
家にいて自分でやっていたより
かんたんだ
今日はみんなが来て
ひと時だがよかった
気持ちが少しおちつくような気がした
夜はねむれず　トイレに二回
二時すぎて少しねむれた

十月十七日
夜は字がみだれ書けない　大希はなんとやさしい孫なんだろう
早速　車椅子を押し外に散歩に行く　僕が車椅子　大丈夫だから
お母さんは後からくるからと　一階までつれていく
その間いろいろとやさしい言葉をかけてくれる
私がありがとうとゆうと
どういたしましてとていねいにあいさつする
お父さんがていねいな言葉を使うから　お父さんにそっくりだ
公園に行く　秋だから葉が落ちているのもあるし
色づいていると　大希が説明してくれる
こんな良い孫がいるのに　動かぬ体がくやしい
一緒に遊び　お話しがしたい　つりをして帰る
正樹も来ていてよかった　病院が停電

その間　大山さんのリハビリ
三時半になっても動かず　正樹がいなかったらどうなったらう
エレベーターが動かず　もどれない
又公園の方へ行って時間をついやす
四時近く部屋に戻り　正樹と話す
正樹に泣いて甘える　大希の前では泣けない
その分　正樹に泣いてあまえてしまった
千歳も午前中はお父さんの所に行き
大希とお父さんとボール遊びをしてきたとのこと
正樹も帰りに寄って行くとゆう　みんな忙しい時間をわるいと思う
正樹五時近くまでいた　今日は大希のやさしさにかんげきした
いつまで　千歳が老いるまで続けてほしいと願う
やさしさをありがとう

十月二十一日
トイレ　AM六時三十分　九時三十分　十二時
　PM二時　三時十五分　五時三十分　九時　計七回
お父さんはどうしているだろう
外へ出て庭の手入れをしたいだろう
いつも家の廻りをきれいにしていて
近所の人にほめられたのに
家も住む人がなく
落葉が落ち庭掃除もする人もなく
どうなっているか
二度と帰れぬ二人
お父さんはいままでよくやってきてくれた
私の介護と食事の支度

みそ汁もよく作ってくれた　おいしかった
お父さん今迄ありがとう
わがままな私を許してきてくれた
今迄楽しかった
旅行など色々と思い出があります
幸せだったのだから我まんしよう
お父さんと会うのはいつ最後になるか分らないけど
これも人生
お父さんも今は歩けるのだから　がんばってね
私はくやしくても歩けない
水戸黄門も見てますか
堂平山を見て歩いてますか
一日一日をすこやかにすごせますよう祈ってます

十月二十三日
トイレ　AM六時三十分　九時三十分　十二時
　PM二時　四時　六時三十分　九時　計七回
お父さんはどうしているかな
最後に会うのはいつかな
正樹がいつ　つれて来てくれるか
逢ってもお父さんは
感情をあまり表わさないが
やさしかったお父さん
私の料理で　ビール一本をコップに少し私がのみ
分けあって飲んだビールは
おいしかった
もう二度とそのようなことはない

お父さんはマラソン仲間　若い人にもしたわれ
事業団の人にも人気があった
高年大学に二人で通った時も楽しかったね
良いことがいっぱいあったのだから
悔いはないいと今は思うしか　しょうがないね
千歳と正樹の家族も
みんな健康であってほしいと願う
日がさし暑くなってきた
お父さんありがとう　ごめんね
お父さんの世話がしてやれなくて
佐知子は毎日
お父さんのこと思い泣いています

十月二十四日
トイレ　AM六時三十分　九時三十分　十一時
　PM二時三十分　五時三十分　九時　六回＋一回
　　計七回　夕べはトイレ四時に起きる
夕べは一回トイレに起きたような気がするが
みんな忘れてしまう　夢を見ても忘れてしまう
九時半トイレ　戸口さんのリハビリを待つ
戸口さんのリハビリを受けていたら
十時半頃千歳が来て　十一時頃公園に行き
髪をカットしてもらう　十二時　部屋に戻りひる食
千歳一時すぎて帰る　二時半頃　新聞を見て　おやつを食べる
三時すぎ　大山さんのリハビリ
外へも行き帰って来たら正樹が来た

部屋で話しをしている　お父さんの所へもよってきた
ローカで歌を口ずさんでた様子
少しでも気持をおだやかにすごしてほしいと思う
正樹は五時半に帰る　今日一日は起きている時間が長かった
手に力がなく　字もかけなくなる
七時より野球を見て　九時になる
お父さんも日記をかいているとゆう
日にちもまちがえずに書いてあったと正樹がゆったが
私はまちがえる　お父さんよりだめだ　夜　薬をのむ
看護師その一言が私の心　左右する
わがままな私の病のためか　ねるとき中川さんがくすりをのませ
身体の位置よくしてくれ　ねむりについた
中川さんに一晩中せわになった　今日もみなさんありがとう

十月二十六日
トイレ　AM七時　十時　PM一時三十分
二時三十分　三時三十分　四時三十分　七時三十分
九時　十一時半　計九回
前回体重四十一・七キロ　今回四十一・九キロ

浩弥の二、三才頃の夢をみた
正樹もガラスの向うにいるように見えた
浩弥トイレの前でおしっこをしている
赤いジャンバーを着てかわいい姿
思わず浩弥　浩弥とゆって抱きしめた夢
浩弥も高校二年生だ
大きくなって　ヒゲ　スネ毛も生えて
あの可愛かった昔の面影はない

ディズニーランドに五人で
一泊して行った時は一ばんよかった
浩弥がチョコチョコ歩いて
廻りの人がかわいいとゆって
ちゅうもくしてくれた
ホテルに宿り　夜のディズニーランドも見た
最後の花火も見た
今は遠い昔の話です
午後はベッドにいたら　川上さんがきて
こんな私にほほずりしてくれた
小倉さんも言葉をかけてくれる
みなさんほんとにやさしい

十月二十九日
トイレ　AM七時　九時十五分　便出る
　十一時　PM一時三十分　二時三十分
　　五時　八時　九時　夜中二回　計十回
今日もつらい一日がはじまる　七時起きる
夕べはお父さんの夢を見た　近くまできたがふれることはなかった
文化祭も十一月三日　以前は踊りの発表会で先生宅に行き
練習を　お茶のみ会をして語らい　忙しい中でも楽しかった
踊りは終ってもずっとお茶のみ会は続いている
私が行けなくなっても毎回お茶菓子
季節季節の煮物など届けてくれた　ほんとにありがたい
先生も又逢いに行くからとゆってくれたが
こんなみじめな姿を見せたくないので

面会は親せき兄弟みな来ないようことわっている
三人の姉達も心配してると思うが
末子の佐知子は車の運てんもできるし
頼りにしているといわれていた
私がいちばんだめになってしまった
悲しくて悲しくて　風呂に行く
加藤さんが暑いシャワー長くしてくれてよかった
ラコールをのみ　新聞をみに行く　部屋も暑くなる
午後は戸口さんがきてよかった　大希のこと話す
大希も戸口さんにお世話になったとのこと　ふしぎだ
三時のおやつを食べた
長い時間をどうすごすか
今日も大勢の人になぐさめてもらった

十月三十一日
トイレ　AM七時　九時三十分　十一時　PM五時
　七時三十分　九時十五分　夜中一時三十分　四時
　　家で三回　計十一回
六時五十分起きる　良いお天気だ
今日は午後　外出だが気になる
車の乗り降りやトイレのこと
千歳一人で大丈夫か
我が家に帰っても入ることもできないし
ずうっと家にいたくなるだろう
千歳を困らせることにならなければよいが
正樹には連絡がとれたのかな
千歳一人より正樹の力も必要だと思うが

今日一日どうなるか分らない
九時三十分起き　トイレをし
ラコール早目にのむ
松下さんのリハビリも来るかもしれないし
出かけるのに早目にのむ
トイレのこと心配だから
十一時すぎて千歳が迎えに来て　すぐに家にむかう
車の中は暑くてクーラーをして行く
お父さんと正樹は十二時ついて待っていた
お父さんは植木の手入れをしてた
家は寒い　暖ぼうして親子四人で久し振りに
千歳が作ってきた栗ごはん　あたたかいみそ汁
お茶をのむ

家は留守の家でないようにきれいにしてあって
安心した
なんとか車から乗り降りでき
車椅子で家の中　一周する
今日はたのしい一日だった
これが最後だろう
お父さんと最後にあくしゅをしてきた
お父さんはなにをする気もないけど
又これからきびしい日が続く
今日のこと現実かと思う
なかや　お父さん実家の兄姉にも顔を見せてくる
正樹はお父さん送って行き　又別々の生活だ

🌱十一月五日
トイレ　ＡＭ六時二十分　九時三十分　十一時
　ＰＭ二時　三時　四時三十分　七時三十分　九時
　　夜一回　計九回
六時二十分起きる
夕べは旅行に行き
おまんじゅうを作っている店で
一袋ずつパンをもらい
お父さんとよかったねと顔を見合せた
又宴会でなにかしてよかったよと
だれだったか分らないがほめてくれた
ギョーザ早食い大会に出て

私が運びやくの夢をみた
目がさめ現実の日が始まる
今日はリハビリも松下さんがひとつだけ
四時だ　時間が長く苦しい
こんなことばかり書いて置いたら
私の死後　千歳が見て
悲しい思いをするだろうと思うが
書けるうちは字を書き　気をまぎらしている
もう今年もあますこと二ヶ月を切る
お正月は長いお休みになるだろう
私達はどうすごしたらよいかと考える
お父さんとどんなことでもして家に帰ろうか
私はトイレはおむつをして

暖い部屋でお父さんとねてればよい
買ったものを食べて
お父さんは動けるから
たべものぐらい運んでくれるだろうと思う
だけど千歳と正樹は許してはくれないだろう
もう最後だ
お父さんと私の思いを許してほしいと思う

千歳におねがい
千歳を困らせる無理なお願いだけど
K病院でがんばれるだけ　がんばるけど
大倉さんにおねがいして
ヘルパーさん家政婦さんをたのみ

私を家へつれていってくれ
ベッドもなく　車椅子もないけれど
たたみの上でいい
私は延命医療はしないでとゆってある
病院にいると点滴をしたり　吸いんしたりする
命は永らえ苦しむのが長くなるだけ
どんな思いをしようと
家でなら私はたえる
千歳を困らせる
それは重々わかっている
最後のおねがいだからたのむ
前の時に死ねたらよかったのに
お母さんはいつまで千歳に苦労かけるのだろう

こん度はなにがあっても手あてはしないでほしい
お願いだから
家に帰ったらヘルパーさんに
料理は作ってもらわず　配食サービスをたのみ
私の身のまわりのこと　できることをしてもらう
完全でなくてもいい
私は家にいるだけでまんぞくする
よくよくたのむ
なにがあっても治療はしないでくれ
なかやのおじいちゃんも
食べものをきょひして終った
私もそれでいい

十一月十日
トイレ　AM六時三十分　十時　PM一時四十五分
　三時　六時三十分　九時　夜二回　計八回
新しいノートになる
少し重いが　いつまで書けるか
がんばってみよう
夕べはひるねてばかりいたせいか
よくねむれなかった
くすりも変ったためか　六時三十分起きた
夢を見た
なかやの兄弟と旅行に行った
風呂に入ったり
みんなでごろねをしたりしていた

私は朝になったら起きられないだろうと
心配してる夢だった
今日も身体の調子はよくない
どんな一日になるか
朝日がさし込んできた
あつくなるのかな
予報は下り坂とゆうが
雨が降ったほうが気持は私は落着く
いくらよい天気でも
なにもできない身体だから
朝食後十時までねてしまう
トイレに行きたくなり
ナースコールしたけど　来ない

たまらなくなり　もう一度したけど来ない
声を出していたら
前川さんが来て　トイレする
人にたのまなければできない身体
悲しくなる
戸口さんのリハビリ　十時二十五分頃から十一時まで
又ねていたら　高橋さんが来て話しかけてくれた
そこへ山本先生が来て
明日から安定剤を出すとゆう
知野さんも来て話しかけてくれた
昼食をしてトイレに行き　新聞を見に行く
身体はだるくてたいへんだけど
がんばって行ってみよう

二時ベッドに上がる
トイレをして　大山さんのリハビリ
帰ってきてから　牛乳とむしパンのおやつだが
食べづらく　のみづらく　たいへんだった
食べない方がよいと思うが
口のうんどうと思い食べた
五時になるのでベッドに上る
長い間のんでいたラコールも今日で終る
夜は見るテレビもなく
八時歌謡コンサートをみてる
森繁久弥さん死亡する　九十六才

十一月十二日

だめだ　だめだ　もうだめだ
ヨーグルトもたべれない
入れてもらい　やっとたべるが
出てきてしまう
夕べは少しねむれたが
たべられないから
身体に力がなくてきびしい
今日は千歳が来るかもしれないが
私のこと又心配しなくてはならない
どうしよう
食べられないことで　頭の中はいっぱいで
テレビをみても身は入らない

風呂十時前に入る
おひるは
知野さんが来て手伝ってくれ　たべる
四時に戸口さんと同時に千歳来た
五時半帰る
お父さんも今の所から
ときがわへ移動するとのこと
夕食は戸口さんが来て見てくれた
顔ばっかし暑くてねむれず
起きて字をかいた
目は見えず
よめるかどうかわからない

十一月十四日
トイレ　AM六時五十分　九時三十分　PM
今日は七時近くまでねていた
目が見えなく　日記もかけなくなる
小倉さんにヨーグルトたべさせてもらう
やさしくいろいろしてくれたが　お礼もゆえない
朝食は森さんと山川さんが手伝ってくれた
九時半に起き　リハビリが何時かと思い見る
三時だった　まだ時間があるし　どうしようか
のみもの　のもうか　でものめないと思う
牛乳をのむ　なんとか　こぼしながら
新聞を見に行く　おひるは岡山さんが手伝ってくれた
ベッドにいたら大希と千歳が来た

大希がおばあちゃんを散歩につれていくとゆって
車椅子を押して行く　公園の紅葉を見て帰る
大希は魚つりを見ていて　そこで別れる
回転寿しでおひるを食べてきたと云う
私も一緒に食べに行けたら幸せか
いつかは両親六人で
おいしいお店を見つけては食べにいってたのに
あのころ幸せだった
千歳三時すぎ帰る
私は三時二十分　松下さんのリハビリに行く
夕食は野原さん手伝ってくれた　夜勤で高田さんがきた
おむつを取り替え　きれいにしてくれた
バレーを見てねる

十一月十六日
体重四十一・三キロ
　トイレ　AM六時四十分　九時二十分
　　PM二時　六時三十分
これからどんどん　わるくなるのは分っている
早くこのくるしみから逃げたい
午後に戸口さんが来るとゆってくれた　よかった
なにをしても治らないのは分っているが
気持をまぎらわしてくれるから
午後は風呂に二時入る　四時戸口さんきて色々と話して
久し振りに顔と手のマッサージをしてもらう
相撲を見てる　夕食になる　トイレをして　少し起きている
今夜の看護師さんは丸さんだ　とても明るくおもしろい人だ

その日その日で私の心は左右される　みんな良い人なのに
忘れっぽくなってしまい　みんな忘れてしまう
夢をみても忘れてしまう
戸口さんが　ボールペンが　大小どのペンが使いやすいか
ためしてみると云ったので　ここにある三本のペンでためしてみる
一本黄色　今日はくもり空　相撲を見る
一本くろ色　今日はくもり空　相撲を見る
一本青色　今日はくもり空　相撲を見る
どれがよいか分らないが
ペン先の細い方（くろ）がよいような気がする
太いと力がないのでおもたい（青）
中間（黄色）だが分らない
字も下手になってしまい　人には見せられないが仕方ない

十一月十八日
トイレ　AM五時　八時三十分　PM
二時頃起きたくなり起こしてもらい　机の前でしばらく起きていた
泣いていたら　松山さんが来て　ときがわの話しなどしてくれて
気持が落着いた　起きているとみんなに迷惑をかける
堀田さんも時々見にくるので三時頃寝る
朝は起きられず朝食までねていた
身体が力がなく起きる気がしない　こんなことは　はじめてだ
身体がわるくなっていることは本人しかわからない
夕べは堀田さんに一晩中　世話になった
男性でもいつも変らずやさしい
どうしていつもやさしくできるのか尊敬する
良い天気で日がさし込んであつくなる　ベッドもつらい

戸口さんが来てリハビリ　気をまぎらしてくれる
十一時すぎる　ひる食も戸口さんが来て食べさせてくれた
ほんとにやさしい
午後は新聞を見に行き　夕べ書いておいたメモをいつもの人に渡す
よろこんでくれた　松下さん早目にリハビリ迎えに来てくれ
よかった　三時だった
千歳が四時頃来て　リハビリを少しみて部屋に帰り　話しをする
なにを話しても叶わぬこと　さびしくなり泣いてしまって
千歳を困らせてしまった　千歳も泣きたいだろうが
しっかりしている
五時に帰る　夕食は中川さんが手伝ってくれる
男性でもやさしく食べさせてくれ
ねかせてくれた

十一月二十一日
トイレ　AM六時三十分　便出る九時三十分
　PM二時　四時三十分　五時三十分　九時
　　夜中五時　計七回
六時三十分起きたが
ノートを落としてしまい日記もかけない
十時にかく
三連休だが行楽も料理も青空も
すべてを失ってしまった私
残ったのは病だけ
衣服もバッグも
もう使うことなく家で眠っている
さみしく悲しくて泣いている

今日は目医者が来て見てくれると云うが
治らぬ病
結果は分っている
話し合いに千歳が今日は来るが
生きることより一日も早く終るよう
話し合ってもらいたい
千歳と正樹でひる食の介助をしてくれてたべた
三人で公園に行き散歩する
帰り　のみものを買って部屋に帰る
子供達もお父さんの所へも行って
色々見てやらなくてはと云って
二時五十分頃帰る

🌱十一月二十三日
トイレ　AM七時　PM
夕べは三時までねむれず起きていて
千歳と正樹の幼い時のことなど書いていたら
首が痛く　上に上げられなくなる
午後は関口夫妻　小沢夫妻が御見舞にきてくれた
千歳も来た　色々話した
一時半に来て二時四十分頃帰る
千歳も三時半帰る
みんな元気でうらやましい
外へ行き見送って別れる
相撲を見る
隣りの部屋の人は死亡したのかな　いなくなった

私も早く死にたいと思う
長くなればなるだけ
まわりの人にめいわくをかけるだけだ
なんの楽しみもないのだから
食べる楽しみもない　むなしい食事をするだけ
その食事もできなくなるだろう
中川さんが食事の手伝いをしてくれた
なぜか男の人でも気楽だ　みんな良い人だ
個人のこと書いてはうまくないと思うが
かいてしまった　みなさん　ごめんなさいね
なれている人が私のこと通じるからかな
今夜もどうすごせるか不安だ
夕べは夜中に車椅子で二時間位起きていた

千歳の小さい時の思い出

歩くようになった頃
長ぐつをはかせたら
それがお気に入りで
穴があいて古くなったからと
なかや　やよいさんが良いくつを買ってきて
はかせようとしてもはかない
苦労した　二　三才頃
お父さんが工場に働きに行っていて
私がお父ちゃんもう帰って来るかなと云うと
どんどん道路に出て工場の方へ行き
追いかけて　なかやの所あたりまで行った

今のように車が通らない時だから助かった
初めて　学校近くの恵子ちゃんの家に
一人遊びに行った時も
ほこらしげにしていたので
ほめてやったこともある
まことやへ　一人夕方お使いに行き
だれときたのと云ったら
懐中電灯ときたとゆったと　ゆりちゃんが云った
柿のおいしそうなのを出しておいた
ひとつ位くれてもいいだんべと云ったと
おもしろい話がある
上のなかやの　おばあちゃんも
千歳が友達をつれきて

餅菓子を出してたべていたとゆっていた
お父さんと行った時は生れた家だから
お父さんが自由に出して食べてるのを
見ているのだろうと云ったこともある
色々と思い出がある
お父さんも私も若かった
四十才　二人共
仕事を終ってから
GK短大まで送り迎えをしたこと
途中スピード違反でつかまったこと
じゃんぼ寿しを食べたこと
お金に余裕がなかったが
今思えばよかった

正樹もつれて行ったことがあり
つまらないだろうときいたら
デンキがいっぱいついているからと
モーテルをさして
つまらなくないと云ったこともある
ありがとう

正樹の小さい時の思い出
未熟児で生まれた正樹は
だいじに　だいじに育てた
私が電話交換手としてつとめたので

四才で保育園に入った
いつもいつもバスの中で
クツを反対にはいて帰って来た
足がまだ短く　バスの椅子に
長くのばして乗っているのを見る
保育園に行くと庭の角の方へ行っているので
先生が何を見るのかきいたら
お父さんが見えるかなと思ってとゆったとゆう
その頃お父さんが保育園の近くの木工所にいた
正樹は頭が重いのか　よくころんで
けがをして医者に行った
アゴ　頭　ひたいと　三　四回も
泣くのをおさえて　ぬってもらい

つらい思いをした
やさしい子で
学校へ行く時も姉ちゃんの後につき
前には出ず　とぼとぼと　ついて行く子だった
高校生の時　誕生日が来ないので
バイクにのれず　汗だくで帰って来た
紀之ちゃん四月生れ　正樹は十月生れ　免許をとった
今では私がこんな身体になってしまい
頼りにしてる
男だから力あり　私を介護をしてくれる
ありがとう

十一月二十五日
トイレ　AM五時三十分　九時　十時　PM
目があかないので　よく見えない
師長にいろいろと話す
話したいこと　いっぱいあるが話せない
午前中　大山さんのリハビリ
はじめてベッドでやる
午後は松下さんと公園に散歩に行った
戸ロさんのリハビリもあり
五時すぎる
ベッドをエアベッドに替えたけど
身体の苦しみは変らない
三時　たこ焼など

おいしそうなパーティーだったけど
私は見るだけ　食べられない
もうすべて終りにしたいと願うのみ
今夜はどうすごそうか
苦しいたたかいが始まる
七時すぎた

十一月二十九日
トイレ　AM七時　十時　十一時　PM二時三十分
　四時三十分　七時　九時　計七回
七時起きる
今日は家に帰る日だが

雨の予報だったが今のうちは大丈夫そう
高田さんに髪をとかしてもらい
久し振りに顔にクリームをつけてもらう
夕べも人に迷惑かけず　ねむれてよかった
十時に大希と千歳が迎えに来て　支度して出る
お父さんと正樹はもう着いていて
草むしり　植木に水くれをしていた
部屋をあたためておかないで寒い
おひるは千歳が色々用意してくれたが
なにもたべられず　豆腐を少したべ
おいしそうなもの目の前に
おいしそうなものがあっても
たべられないみじめさ

身体はつらくて布団を出してねる
みんなに身体をなぜてもらう
特に正樹に
お父さんは元気だった
床やのみっちゃんが会いにきてくれ
となりの昭さんにも会ったとゆう
お父さんはお茶の道具など　キッチンに持って行く
少し太ったようだ
でも一人ではくらせない　あぶない
デンキストーブに近づいていても気がつかない
寒いので日も短い
三時頃帰り支度をして
私達は買物をしたり　坂戸の家により帰る

十一月三十日

トイレ　AM六時五十分　十時　PM一時

　三時　四時　五時三十分　九時　夜中二時　計八回

六時五十分起きる　つらい一日が始まる

トイレに行ったが終ってもなかなか来てもらえず

トイレの中で苦しんでいる

今度は洗面台で入歯を入れて

又待たされ苦しみ　朝食の時間になった

午前中　戸ロさんのリハビリ　色々話し

戸ロさんも一緒に泣いてくれ　なぐさめてくれた

目が見えなくなり　字も大きくなる

又ねていよう

神様にたよるしかない　この身体

死なせて下さい
五時までねていたが　身体がつらく
車椅子にすわらせてもらうが　車椅子もつらい
時間をどうすごしたらよいのか
死ねることはないかと思案の毎日だ
神様　神様　私を楽にして下さい
死なせて下さい　お願いします
なにもかくこともない　トイレに行って　ねようか
今夜もテレビもよい見るものもない
病とたたかうだけだ
かゆい所があっても　かけない　このつらさ
今日もつまらないことばかり書いてしまった
私の死後　千歳　正樹にはよんでもらいたくないと思う

十二月二日

トイレ　AM七時　九時三十分　十二時　PM二時
　三時　五時　七時　九時　計八回

今日は千歳が来るかもしれないが
今の状態をどう伝えよう
心配はかけたくないし
お父さんは良いお天気で
散歩につれて行ってもらっているかな
まだ歩けるからよいが
私はなにもできない
ねているのもやっとだ
目が一日あかない
青いペンで書いているのか

黒いペンでかいているのか
分らない
前は新聞を見に行ったけど
行っても見えないし
めくることもできないし
なにをすることもない
食事はとるが
ワーカーさんが
口の中に入れるのを
やっとのみ込むだけだ
むなしい　さびしい食事だ

十二月五日
トイレ　AM七時　十時　十二時三十分
　PM二時四十分　五時　九時　計六回
だるくて起きられない
ペンを持つのもやっと
もうなにもできない
ナースコールもやっと押す
これからどうしたらよいのだろう
千歳が午前中に来て
おひるを食べさせて帰る
リハビリに一時四十分頃から行き二時四十分頃終る
ベッドで三時十五分おやつを食べる
四時二十分ベッドにいるのがつらくなり起きたが

起きていてもつらい
トイレをして又ベッド
身体をどうしてよいか分らない
神様　私を楽にして下さい
死にたい　死にたい
どうしたら死ねるのだろう
千歳　正樹
私の死後
後を振りむいたら
笑顔の母がいると思って下さい
見守っているから
二人の幸せを

十二月七日
トイレ　AM六時三十分　PM
日記も書けない
今日が最後になるかも
死ななくてはしょうがない
考えに考えた
病院にいては
治療するから死ねない
千歳　私を家につれていってくれ
家政婦をたのみ　自然死をする
くるしくも　一日も短く死ねたらいい
たいへんなことはわかる
でもその道しかない

ねてても つらくて　いられない
わるい　わるいが
もうどうしようもない
どんな死に方でも覚悟している
こんなことは許されないが
書いてしまった
少し考えていてもらいたい

十二月八日
かけない

十二月十四日
目がみえない　目薬はつけたくない
目薬は一日一回ぐらいでよい
起きていてもつらい　ねていてもつらい
字もかけない　コールも押せなくなる
どうしたらよいのか　なにもできない
おやつはないの

十二月十五日
朝から目があかない
身体　硬直してかたくなり動かない
ねかせてもらっても　そりっぱなしで少しも動かない

たまらなくなり　二時に起こしてもらうが
すぐに起きているのも　たまらなく　くるしくなる
どうしようか　みなさんにめいわくかけてしまうし

十二月十六日
どうしてよいか分らない
身体を横にしてねていても
つらくて　つらくて　いられない
起こしてもらってもつらい
どうしよう　もうつらくなってしまった
死なないか　死ぬのがいちばん幸せだ
ねる

＊人名や施設名、一部の地名などは仮名にしています。

# あとがき

母は筋萎縮性側索硬化症（ＡＬＳ）という難病でした。発病からこの病名に至るまで、だいぶ時間がかかりました。

自宅で亡くなることを切望していた母。七人兄姉妹。長兄夫婦に子供が授からなかった為、最終的に末っ子の母が家を継ぎました。ですから、長く住んでいた家への思い入れは人一倍だったと思います。

日々の生活は、病院で教えていただいた、手足口の運動。また、日記を書くことや、サポートして下さる方が来る前に身の回りの整理整頓をすることも、「気」を持たせ、リハビリになっていたのかもしれません。

辛くて苦しかったのに生きようとしてくれていた。泣きたかったろうに、私には涙を見せまいと必死で闘っていた母。頑張れるだけ頑張る、と。もっと私に甘えたかったろうに。

入院後、思い通りにならない生活に区切りをつける厳しい決断をさせてしまいましたが、私の知り合いの看護師さん、言語療法士さんとの出会いもあり、落ち着いて生活してくれました。日記の最終ページには、院内で関わって下さった全員の名前の記入があり、「みんなやさしい。ありがとう」の言葉。母の穏やかな姿が残されているようでホッとしました。

二〇〇九年十二月十六日が日記の最後です。それから七日後、主治医より、年越しは難しいとのお話。それでも年を越すことができ、点滴の要・不要の確認がありました。母とは延命治療はしないと、話をしていましたが、悩んだ末、「要」の返事をしました。

三月。飲み込みが難しくなり水分補給もやっとです。

五月。母の日。最後の公園散歩に。

十一月。「足が寒い」というのが私には分からなくて、お互いストレスに。

二〇一一年四月。コーヒーを少し口の中へ。むせるのが怖いです。

七月。家の写真を見て泣いています。いつか家に連れて帰ろうか。点滴外して。

頭はしっかり。でも話すことも、自分の力では指一本も動かせない。全身の痛みと闘いながらの末期です。寝たきりになって、更に辛い期間を延ばし、生かしてしまいました。「お母さん。こんにちは。まぶたがちょっとだけ動く。生きているのが辛いはず。でも、もう少し側にいて」。手をさすれば、足をさすれば、背中をさすれば、話は通じずとも、温かい母がいたのです。「ありがとう。ありがとう。お母さん」

十月。髪の毛を切ってあげました。

十二月。見舞いに行っても寝ていることが多くなっています。

二〇一二年一月二〇日大寒の夜。具合が悪く、血圧が下がったとの電話。間に合いませんでした。二十三時五十分永眠。享年七十八。

母のお気に入りの着物を着せていただき、早朝四時。みぞれ混じりの中、自宅へ帰りました。「お帰りなさい。お母さん」

自宅には母が用意しておいた〝最後は華やかに〟と記してあった布団に寝かせました。きれいな花模様の布団です。母の横に父が、「母ちゃんと一緒に寝る」と、しばらく添い寝。その姿は忘れられません。

母は日記とは別に「皆さんからの心あたたかいもらいもの」として、名前と品名を書いていました。「忘れない。ありがとう。お返しは心の中に」の言葉と共に。

親戚、地域の皆様、ケアマネージャーさんをはじめ、ヘルパーさん、訪問看護師さん、リハビリ関係者の皆様、そして医療関係者の皆様、大変お世話になりました。

支えて下さった大勢の方に、感謝の気持ちがこの本によってお伝えできたなら幸いです。

そして、最後まで読んで下さった皆様、ありがとうございます。

母が亡くなり十年以上。全部読むことができなかった日記と向き合うきっかけを作ってくれたのが、文芸社「人生十人十色大賞」への応募でした。入選にはなりませんでしたが、後に、連絡をいただき、出版に導いて下さった文芸社の皆様に心より感謝申し上げます。

この本の初版発行日九月二十二日は母の誕生日。

どうか、母の第二章に佐知あれ。

二〇二四年九月

千歳

**著者プロフィール**

**小林 佐知子**（こばやし さちこ）

昭和８年、埼玉県生まれ。

23年、入間郡越生町長谷部病院助産婦看護婦養成所に入所、資格取得。29年、同所退職。32年、結婚。39年、大椚地域団体電話交換手として４年間勤務。43年、都幾川農協事務職員として12年間勤務。平成元年、小川町木下医院に看護師（パート）として６年間勤務。平成６年、退職。その後、高齢者事業団（シルバー人材センター）に入り公共施設の掃除や花植えなどを行う。また、大野舞踊会に入会し20年間活動する。平成24年１月20日永眠。享年78。

## いつまで記せるか

2024年９月22日　初版第１刷発行

著　者　小林 佐知子
発行者　瓜谷 綱延
発行所　株式会社文芸社
〒160-0022　東京都新宿区新宿１－10－１
電話　03-5369-3060（代表）
03-5369-2299（販売）

印刷所　株式会社フクイン


ISBN978-4-286-25368-8